Kann man jeweils die ganze Geschichte kennen? Oder auch nur einen Teil davon richtig? Oder gar herausfinden, was das alles bedeutet? Witzig und subversiv, spielerisch und phantasievoll zeigt die Sprachakrobatin Ali Smith, wozu Geschichten fähig sind. Sie erzählt von Bäumen und Büchern, Fliegen und Ungeheuern, von Sex, Kunst, Rausch und Liebe, sie stellt den Alltag auf den Kopf und macht das Bizarre normal. In zwölf Geschichten nimmt sie uns mit auf eine verblüffende Reise durch ein ganzes Jahr, von Februar bis Januar, bis der Kalender eine ganz neue Bedeutung gewinnt. So raffiniert und grausam, so schockierend und vergnüglich kann Erzählen sein!

ALI SMITH wurde 1962 in Inverness in Schottland geboren und lebt in Cambridge. Sie hat mehrere Romane und Erzählbände veröffentlicht und wurde mit zahlreichen renommierten Literaturpreisen ausgezeichnet. Smith ist Mitglied der Royal Society of Literature und Commander of the Order of the British Empire.

ALI SMITH BEI BTB

Die Zufällige. Roman (73869)
Die erste Person. Erzählungen (74421)
Im Hotel. Roman (71311)
Freie Liebe und andere Geschichten (71355)
Ganz andere Geschichten (71356)
Beides sein. Roman (71600)

*Ali Smith*

# DIE GANZE GESCHICHTE

## UND ANDERE GESCHICHTEN

*Aus dem Englischen von Silvia Morawetz*

btb

Die Originalausgabe erschien 2003 unter dem Titel »The Whole Story and Other Stories« bei Hamish Hamilton, London.



Quellen: S. 9: Claire Lispector, *Der große Augenblick.* Deutsch von Luis Ruby © Schöffling & Co. Verlagsbuchhandlung GmbH, Frankfurt am Main. 2016, S. 9

FSC
www.fsc.org
MIX
Papier aus verantwortungsvollen Quellen
FSC® C014496

Verlagsgruppe Random House FSC® N001967

1. Auflage
Genehmigte Taschenbuchausgabe Juni 2018
btb Verlag in der Verlagsgruppe Random House GmbH,
Neumarkter Straße 28, 81673 München

Umschlaggestaltung: semper smile, München
Covermotiv: © plainpicture/Mihaela Ninic
Satz: Uhl + Massopust, Aalen
Druck und Einband: GGP Media GmbH, Pößneck
CP · Herstellung: sc
Printed in Germany
ISBN: 978-3-442-71354-7

www.btb-verlag.de
www.facebook.com/btbverlag

zum Andenken an
Sorley Macdonald

für Kate Atkinson
Freundin in allen Lebenslagen

und für Sarah Wood
von ganzem Herzen

# Inhalt

Alles auf der Welt begann mit einem ja. Ein Molekül sagte ja zu einem anderen Molekül, und so entstand das Leben. Doch vor der Vorgeschichte gab es die Vorgeschichte der Vorgeschichte und gab es das Nie und es gab das Ja.

Clarice Lispector

# Allzweckgeschichte

Es war ein Mann, der hatte seinen Wohnsitz neben einem Kirchhof.

Na ja, nein, okay, es muss nicht unbedingt ein Mann gewesen sein; in diesem speziellen Fall war es eine Frau. Es war eine Frau, die hatte ihren Wohnsitz neben einem Kirchhof.

Obwohl heute, ehrlich gesagt, niemand mehr so spricht. Alle sagen Friedhof. Es sagt auch niemand mehr Wohnsitz. Mit anderen Worten:

Es war einmal eine Frau, die wohnte neben einem Friedhof. Morgens beim Aufwachen schaute sie aus dem hinteren Fenster und sah –

Genau genommen, nein. Es war einmal eine Frau, die wohnte neben – nein, in – einem Antiquariat. Sie bewohnte die Räume im ersten Stock und führte den Laden, der das gesamte Erdgeschoss einnahm. Dort saß sie, Tag für Tag, zwischen den Schädeln und Knochen gebrauchter Bücher, die in Regalen die gesamte Länge und Breite der langen schmalen Zimmer ausfüllten und in Stapeln, gefährdet wie Türme ohne Fundament, bis zum rissigen Stuck der Decke emporwuchsen. Ihre verzogenen oder gerillten oder noch unberührten Rücken waren gebleicht von Jahren in einem längst erloschenen Licht aus unbekannter Quelle, und doch waren sie alle einmal neu gewesen, gekauft in einer Buchhandlung, strahlend im Glanz anderer neuer Bücher. Jetzt waren sie hier, und bei jedem einzelnen kamen unerdenklich viele Gründe dafür in Frage, warum es schließlich in dem Bücherstaub gelandet war, der in der Luft lag und in dem die Frau an diesem Wintertag saß, allein, und das Gewicht der vielen Millionen Seiten spürte, über denen die Buchdeckel geschlossen waren und die vielleicht nie wieder das Tageslicht sahen.

Das Antiquariat befand sich in einem Sträßchen abseits vom Zentrum eines kleinen ländlichen Orts, den im Sommer nur selten Touristen besuchten und in dem der Handel seit 1982 merklich eingebrochen war, seit dem Jahr, in dem die Königinmutter, die gebrechlich aussah und ihren Hut wegen des Winds mit der Hand auf den Kopf drückte, das Band an der Umgehungsstraße durchgeschnitten hatte, die die Fahrt in die Großstadt stark verkürzte, das Halten in dem Dorf aber ziemlich erschwerte. Dann hatte die Bank zugemacht und schließlich das Postamt. Es gab einen Lebensmittelhändler, aber die meisten Leute fuhren die sechs Meilen bis zum Supermarkt. Der Supermarkt führte auch Bücher, aber nur wenige.

Ab und zu kam jemand in das Antiquariat und suchte etwas, wovon er oder sie im Radio gehört oder in der Zeitung gelesen hatte. In der Regel musste sich die Frau im Laden dafür entschuldigen, dass sie es nicht hatte. Jetzt zum Beispiel war Februar, und vier Tage lang war niemand gekommen. Ab und zu stieg mal ein Stubenhocker im Teenageralter um halb fünf aus dem Schulbus aus, der zwischen dem Dorf und der Stadt verkehrte, drückte schüchtern die Tür auf und blickte mit dem Entzücken, das man jemandem sogar von hinten ansieht, an den Schultern, am Rücken oder an der Kopfhaltung, zu dem unendlichen Versprechen der Bücher hinauf. Das war aber schon eine Weile nicht mehr vorgekommen.

Die Frau saß in dem leeren Laden. Es war später Nachmittag. Wurde bald dunkel. Sie beobachtete eine Fliege im Schaufenster. Für Fliegen war es noch früh im Jahr. Die Fliege flog im Uhrzeigersinn Schleifen, ließ sich dann auf Der große Gatsby von F. Scott Fitzgerald nieder und wärmte sich in der spärlichen Spätwintersonne.

Oder – nein. Halt:

Es war einmal eine Fliege, die rastete kurz auf einem alten Taschenbuch im Schaufenster eines Antiquariats. Sie hatte dort in einem Moment der Wärme einen Zwischenstopp vor dem Weiterflug eingelegt, zu dem sie jetzt jeden Augenblick starten würde. Es war keine besondere oder seltene Fliege, auch keine Fliege, deren Art einen interessanten Namen trug – Raubfliege oder Mordfliege zum Beispiel, Wollschweber oder Dickkopffliege, Tanzfliege oder Wurmlöwe, Schnepfenfliege oder Stilettfliege. Es war nicht einmal eine Schnake oder Bremse, auch keine Mücke. Es war eine gewöhnliche Stubenfliege, *musca domesticus linnaeus*, aus der Familie der Diptera, was bedeutet, dass sie zweiflüglig ist. Sie stand auf dem Umschlag eines Buchs und atmete durch ihre Tracheen ein und aus.

Sie war als nicht mal einen Millimeter langes Ei in einem Dunghaufen auf einem anderthalb Meilen entfernten Bauernhof abgelegt worden und durch die Nahrung, die sie in dem Dunghaufen fand, zu einer beinlosen Made geworden. Dann war sie, schließlich nahte der Winter, durch bloße Muskelkontraktionen fast vierzig Meter gerobbt. Hatte fast vier Monate in dem Grus am Fuß einer Mauer unter hohen Heustapeln in einer Scheune geruht. Während einer kurzen Phase milden Wetters am vorigen Wochenende hatte sie die Puppenhaut durchstoßen und war herausgeklettert, jetzt eine sechs Millimeter lange Fliege. Hatte unter einem Vorsprung des Scheunendachs die Flügel zum Trocknen ausgebreitet und gewartet, bis ihr Leib in der überraschend frühlingslinden Luft, die von den Balearen heraufzog, ausgehärtet war. Durch einen fliegengroßen Spalt im Scheunendach war sie an ebendiesem Morgen in den Rest der Welt aufgebrochen und auf der Suche nach Licht, Wärme und Nahrung über eine Meile weit im Zickzack geflogen. Als die Frau, der das Antiquariat gehörte, das Küchenfenster aufmachte, damit der Dampf vom Essenkochen abzog, war die Fliege hereingeflogen. Jetzt schied sie aus und regurgitierte, was Fliegen tun, wenn sie sich irgendwo niederlassen.

Es war, um ganz genau zu sein, eine weibliche Fliege, deren Leib länger ist als beim männlichen Exemplar und deren rote Facettenaugen auch weiter auseinanderstehen. Ihre Flügel waren dünne, makellose, fein geäderte Membranen. Sie hatte einen grauen Leib und sechs Beine mit jeweils fünf biegsamen Gelenken, und sie war an Beinen und Leib komplett mit feinsten Borsten bedeckt. Ihr Gesicht war samtbraun-silbern gestreift. Ihr langes Maul lief in mehreren Wülsten aus, mit denen sie Flüssigkeiten aufsaugen und feste Stoffe, wie Zucker, Mehl oder Pollen, einspeicheln konnte.

Mit ihrem Rüssel speichelte sie das Foto der Schauspieler Robert Redford und Mia Farrow auf dem Umschlag der Penguinausgabe des Großen Gatsby von 1974 ein. Der bot aber, wie Sie sich denken können, nur wenig, was für eine Stubenfliege wirklich von Interesse war, die sich vordringlich ernähren und fortpflanzen muss, über eine Million Bakterien an sich haben und ein Überträger von allem Möglichen sein kann, angefangen von gewöhnlicher Diarrhö bis hin zu Ruhr, Typhus, Cholera, Poliomyelitis, Milzbrand, Lepra und Tuberkulose, und die es spürt, wenn ein Feind sie jeden Moment in sein Netz ziehen oder mit einer Fliegenklatsche erschlagen kann oder dass es, falls sie dieser Bedrohung entgeht, jeden Moment so kalt werden kann, dass sie ihr Leben aushaucht und damit das aller zehn Generationen, die sie in dem Jahr auf den Weg bringen, das aller neunhundert Eier, die sie legen kann, sofern sie in den durchschnittlich zwanzig Lebenstagen einer durchschnittlichen Stubenfliege dazu kommt.

Nein. Bleiben Sie dran. Denn:

Es lag einmal eine Ausgabe des 1974 bei Penguin erschienenen amerikanischen Romanklassikers Der große Gatsby von F. Scott Fitzgerald im Schaufenster eines stillen Antiquariats in einem Dorf, das nicht mehr viele Menschen besuchten. Das Buch hatte hundertachtundachtzig nummerierte Seiten und war die zwanzigste Auflage des Romans bei Penguin – wo er allein 1974 dreimal nachgedruckt worden war; seine Popularität verdankte sich zu einem Teil der Verfilmung des Buchs, die in dem Jahr unter der Regie von Jack Clayton herauskam. Der Umschlag, einst leuchtend gelb, war schon stark verblasst, ehe das Buch überhaupt in den Laden gelangte, und noch mehr verblichen, seit es dort im Schaufenster lag. Ihn schmückte ein Standfoto in einem Rahmen im Stil der zwanziger Jahre, auf dem Robert Redford und Mia Farrow, die Stars des Films, ebenfalls ziemlich blass aussahen, auch wenn Redford noch fesch war mit seiner Golfkappe und Farrow mit ihrem schmeichelnden Schlapphut der Sepiaton, in den der Stand von Sonne und Licht auf dem Glas sie zufällig gerade tauchte, ziemlich gut stand.

Gekauft hatte den Roman 1974 für 30 Pence in einer Buchhandlung in Devon Rosemary Child, die zweiundzwanzig war und unbedingt erst das Buch lesen wollte, bevor sie sich den Film ansah. Zwei Jahre später heirateten Rosemary und ihr Verlobter Roger. Sie taten ihre Bücher zusammen und spendeten die Dubletten einem Krankenhaus in Cornwall. Eines langen heißen Julinachmittags 1977 aus dem Bibliothekswagen auf Station 14 gezogen hatte ihn Sharon Patten, ein vierzehnjähriges Mädchen mit gebrochener Hüfte, das mit einem Streckverband im Bett lag und sich langweilte, denn Wimbledon war vorbei. Ihr Vater hatte sich offensichtlich gefreut, als er es zur Besuchszeit auf Sharons Nachttisch liegen sah, und auch wenn sie nach der Hälfte zu lesen aufhörte, ließ sie es während ihres ganzen Krankenhausaufenthalts dort neben dem Wasserkrug liegen und nahm es heimlich mit nach Hause, als sie entlassen wurde. Drei Jahre später war ihr egal, was ihr Vater von ihrem Tun und Lassen hielt, und sie schenkte das Buch ihrem Schuldfreund David Connor, der an die Uni gehen und Anglistik studieren wollte, mit den Worten, das sei das langweiligste Buch auf der Welt. David las es. Es war perfekt. Es war genauso wie das Leben. Alles ist wunderschön, alles ist hoffnungslos. Auf dem Schulweg murmelte er Zitate daraus vor sich hin. Als David zwei Jahre später in den Norden ging, an die Uni in Edinburgh, nun ein reifer Achtzehnjähriger, verehrte er es, wie er mehrmals im Seminar äußerte, auch wenn es einen Tick pubertär und das unterschätzte Zärtlich ist die Nacht Fitzgeralds eigentliches Meisterwerk war. Der Tutor, der jedes Jahr an die hundertfünfzig unterirdische Erstsemesteraufsätze über den Großen Gatsby korrigieren musste, nickte bedächtig und gab David eine gute Examensnote. 1985, er hatte sein Studium mit einer Eins mit Sternchen abgeschlossen und eine Stelle im Personalmanagement ergattert, verkaufte David alle Bücher, die er fürs Studium gebraucht hatte, für dreißig Pfund an ein Mädchen namens Mairead. Mit Anglistik konnte

Mairead nichts anfangen – die gab keine brauchbaren Antworten – und beschloss, stattdessen Wirtschaft zu studieren. Sie verkaufte die Bücher weiter und schlug einiges mehr dabei heraus als David. Der große Gatsby ging für 2,00 £ weg, das Sechsfache des ursprünglichen Preises, und zwar an Gillian Edgbaston, eine Studentin im ersten Studienjahr. Sie kam nicht dazu, das Buch zu lesen, und ließ es im Regal des gemieteten Hauses zurück, als sie 1990 auszog. Brian Jackson, der Besitzer des vermieteten Hauses, packte es in eine Kiste, die fünf Jahre hinter der Gefriertruhe in seiner Garage stand. 1995 kam seine Mutter Rita zu Besuch und entdeckte es, als Brian die Garage ausräumte, in der offenen Kiste, die einfach so auf dem Kies auf seiner Einfahrt stand. Der große Gatsby!, sagte sie. Das habe ich seit Jahren nicht mehr gelesen. Brian sieht noch vor sich, wie sie es in dem Sommer, zwei Jahre vor ihrem Tod, las, die Beine auf dem Sofa hochgelegt, die Nase tief im Buch. Bei sich zu Hause hatte seine Mutter ein ganzes Zimmer voller Bücher. Als sie 1997 starb, packte er sie in Kisten und gab sie einer registrierten karitativen Einrichtung. Die registrierte karitative Einrichtung suchte sich das Wertvolle heraus und versteigerte den Rest in Kartons mit je dreißig gemischten Taschenbüchern an Antiquariate im ganzen Land.

Die Frau in dem stillen Antiquariat hatte ihren bei der Auktion ersteigerten Karton aufgemacht und müde die Augenbrauen gehoben. Noch ein Großer Gatsby.

Der große Gatsby. F. Scott Fitzgerald. Jetzt als großer Kinofilm. Das Buch lag im Schaufenster. Die Seiten und Ränder waren schmuddelig gelb. Das lag an dem Papier, das für die alten Penguin Modern Classics verwendet wurde; solche Bücher halten naturgemäß nicht ewig. Jetzt saß eine Fliege in der schwachen Nachmittagssonne auf dem Umschlag.

Doch die Fliege stob plötzlich in die Luft davon, denn ein Mann hatte die Hand zwischen die Bücher in der Auslage geschoben und nahm es hoch.

Jetzt:

Es war einmal ein Mann, der streckte die Hand aus und nahm eine ältere Ausgabe des Großen Gatsby von F. Scott Fitzgerald aus dem Schaufenster eines stillen Antiquariats in einem kleinen Dorf. Er drehte das Buch um und ging damit zur Kasse.

Wie viel kostet das, bitte?, fragte er die grau aussehende Frau.

Sie nahm es ihm ab und sah auf der Umschlaginnenseite nach.

Das hier kostet ein Pfund, sagte sie.

Hier hinten steht dreißig Pence, sagte er und zeigte auf die Rückseite.

Das ist der Preis von 1974, sagte die Frau.

Der Mann schaute sie an. Er hatte ein schönes Lächeln. Das Gesicht der Frau hellte sich auf.

Na ja, es ist schon sehr verblichen, sagte sie, ich lasse es Ihnen für fünfzig.

Abgemacht, sagte er.

Möchten Sie eine Tüte dafür?, sagte die Frau.

Nein, das geht so, sagte er. Haben Sie noch mehr?

Noch mehr Fitzgerald?, sagte die Frau. Ja, unter F. Ich zeig's …

Nein, sagte der Mann. Ich meine, noch mehr Große Gatsbys.

Sie möchten noch eine Ausgabe von Der große Gatsby?, sagte die Frau.

Ich möchte alle, die Sie dahaben, sagte der Mann lächelnd.

Die Frau ging zu dem Regal und zog vier weitere Große Gatsbys heraus. Dann ging sie nach hinten ins Lager und schaute dort nach.

Macht nichts, sagte der Mann. Fünf genügen. Zwei Pfund für alle zusammen, was meinen Sie?

Sein Auto war ein alter Mini Metro. Der Rücksitz quoll über von diversen Ausgaben des Romans. Der Mann zog ein paar unter den Fahrersitz gefallene Exemplare hervor, damit sie ihm beim Fahren nicht unter die Füße oder die Pedale gerieten, und warf die gerade gekauften Bücher über die Schulter nach hinten auf den Haufen, ohne auch nur hinzusehen. Er ließ den Motor an. Das nächste Antiquariat war sechs Meilen entfernt, in der Stadt. Seine Schwester hatte ihn am Freitag vor zwei Wochen angerufen. James, ich sitze in der Badewanne, hatte sie gesagt. Ich brauche F. Scott Fitzgeralds Der große Gatsby.

F und wie weiter?, hatte er gefragt.

Sie wiederholte es. Ich brauche so viele wie möglich.

In Ordnung, sagte er.

Er arbeitete für sie, denn sie bezahlte gut; sie hatte ein Stipendium.

Hast du das mal gelesen?, fragte sie.

Nein, hatte er gesagt. Muss ich?

Wir machen so weiter, sagte sie. Stemmen uns gegen den Strom – und treiben doch stetig zurück, dem Vergangenen zu. Verstehst du?

Was ist mit Benzingeld, wenn ich durch die Gegend fahren und Bücher auftreiben soll?, sagte er.

Du hast fünfhundert Pfund bekommen, von denen du fünfhundert Bücher kaufen sollst. Wenn du sie für weniger kriegst, kannst du das Restgeld behalten. Außerdem zahle ich dir noch zweihundert für deine Mühe. Stemmen uns gegen den Strom. Das ist perfekt, nicht?

Und Benzingeld?, hatte er gesagt.

Von mir aus, kriegst du, sagte sie seufzend.

Denn:

Es war einmal eine Frau, die saß in der Badewanne und hatte gerade ihren Bruder angerufen und ihn gebeten, so viele Exemplare des Großen Gatsby für sie aufzutreiben wie möglich. Sie schüttelte die Tropfen vom Telefon ab, ließ es über den Wannenrand auf den Badezimmerteppich fallen und zog schnell den Arm ins Wasser zurück, denn er war kalt.

Sie sammelte die Bücher, weil sie Boote in Originalgröße aus Gegenständen baute, aus denen Boote sonst nicht gemacht werden. Vor drei Jahren hatte sie ein einen Meter langes Boot aus Narzissen gemacht, die sie und ihr Bruder nachts aus Vorgärten in der ganzen Stadt gestohlen hatten. Sie hatte es im Kanal ihres Wohnorts ausgesetzt und war hineingestiegen. Das Wasser ging ihr fast sofort bis zu den Füßen, dann bis zu den Knien und den Schenkeln, und schließlich stand sie brusthoch im eiskalten Wasser, und die Narzissen, die sich voneinander gelöst hatten, schwammen rings um sie herum.

Es war aber eine kleine Menschenmenge zusammengelaufen, die zusah, wie das Boot unterging, und die Geschichte hatte große Beachtung in den lokalen Medien gefunden und ein bisschen sogar landesweit. Gesponsert von Interflora, die ihr so viel zahlten, dass sie keine Arbeitslosenunterstützung mehr brauchte, machte sie ein neues Boot, anderthalb Meter lang, für das sie verschiedene Blumen, von Lilien bis zu Schneeglöckchen, mischte. Es ging ebenfalls unter, aber diesmal wurde für ein Kunstprojekt gefilmt, wie es, mit ihr drin, sank. Das brachte ihr den gutbezahlten Kunstauftrag ein, noch mehr überraschende Boote zu machen. In den letzten zwei Jahren hatte sie drei und dreieinhalb Meter lange Boote aus Bonbons, Laub, Uhren und Fotografien gebaut und jedes mit großem Aufwand in einem anderen britischen Hafen zu Wasser gelassen. Keines war weiter als fünfundzwanzig Meter zur See gefahren.

Der große Gatsby, dachte sie in der Wanne. Das Buch war ihr aus ihrer Jugend noch erinnerlich, und als sie im Wasser lag und grübelte, was sie als Nächstes tun sollte, damit ihr das Stipendium nicht entzogen wurde, war es ihr plötzlich eingefallen.

Das war perfekt, dachte sie und nickte sich zu. Wir machen so weiter. Die letzte Zeile aus dem Buch. Sie zog die Schultern unter Wasser, damit sie warm blieben.

Und damit sind wir schon am Ende angekommen:

Das zwei Meter lange Boot aus Großen Gatsbys, die sie mit wasserunlöslichem Dichtungsmittel verklebt hatte, wurde im Frühjahr im Hafen von Felixstowe ausgesetzt.

Der Bruder der Künstlerin trug über dreihundert Exemplare des Buchs zusammen und fuhr dafür bis nach Wales und nach Schottland. In einigen Ortschaften, durch die er kam, ist es bis heute nicht leicht, den Großen Gatsby antiquarisch aufzutreiben. Das Ganze kostete ihn genau einhundertdreiundachtzig Pfund fünfzig. Das Restgeld behielt er. Da er auch jemand war, der sich vor dem Essen stets die Hände wusch, trug er keinen Schaden durch etwaige Ablagerungen davon, die die Fliege weiter vorn in der Geschichte auf dem Umschlag des Buchs hinterlassen hatte, das er in dem stillen Antiquariat erstand.

Diese Ausgabe des Großen Gatsby, in die einige Besitzer – Rosemary Child, Sharon Patten, David Connor, Rita Jackson – auf die Umschlaginnenseite mit Tinte ihren Namen geschrieben hatten, wurde in den Bug des Boots geleimt, das sich dreihundert Meter auf See hielt, bevor schließlich Wasser eindrang und es unterging.

Die Fliege, die an dem Tag auf dem Buch verweilt hatte, verbrachte den Abend auf der Lampenfassung, zwei Meter über dem Boden schwebend. Das tun Fliegen abends für gewöhnlich. Diese Fliege war keine Ausnahme.

Die Frau, die das Antiquariat führte, freute sich sehr, dass sie ihre Exemplare des Großen Gatsby alle auf einmal verkauft hatte, noch dazu an einen lächelnden jungen Mann. Sie stellte eine Ausgabe von Dantes Göttlicher Komödie an den leeren Platz ins Fenster und breitete dabei die ersten Seiten aus. Staub flog auf. Sie pustete noch mehr Staub von der Oberseite des Buchs und wischte ihn vom Ladentisch ab. Betrachtete ihre mit Bücherstaub beschmierte Hand. Es war Zeit, die Bücher abzustauben, sie alle aufzuklappen und zu schütteln. Damit wäre sie bis weit in den Frühling beschäftigt. Zuerst die Literatur, dann die Sachbücher, dann alle Untergruppen. Ihr Herz war leicht. Noch an dem Abend fing sie beim Buchstaben A an.

Die Frau, die neben einem Friedhof wohnte, Sie erinnern sich, die von vorn? Sie schaute aus ihrem Fenster und sah – ach, aber das ist eine andere Geschichte.

Und was ist, zuallerletzt, mit dem Mann von ganz vorn, mit dem wir angefangen haben, dem Mann, der seinen Wohnsitz neben einem Kirchhof hatte?

Er führte ein langes glückliches und trauriges und sehr ereignisreiches Leben, und das über Jahre und Jahre und Jahre, bevor er starb.

# Barbaren

Ich habe das wirklich erlebt.

Es geschah an einem Nachmittag im Frühling vor nicht so langer Zeit, Mitte der Neunziger. Ein Mann kam in die Buchhandlung, in der ich arbeitete. Er sah aus wie ein Bankangestellter oder Buchhalter oder wie irgendein Geschäftsmann, hatte gepflegtes Haar und lief mit Anzug und Schlips herum. Ich richtete mich auf. Ich hatte schon Ärger auf Arbeit und wollte nicht noch mehr Ärger bekommen. Der Mann sah aus, als könnte er wichtig sein.

Die Buchhandlung, in der ich damals arbeitete, war eher vom alten Schlag, und den Ärger hatte ich, weil ich nicht passend gekleidet war. Kurz vor dem Tag, von dem ich spreche, war ich in einem Sweatshirt zur Arbeit gekommen, auf dem ein Designer-Slogan drauf war. Auf meinem Rücken stand IM TRAUM HAST DU DEN WEG GESEHEN UND DU WARST VOLLER FREUDE. Das Sweatshirt hatte für einigen Wirbel unter den Angestellten gesorgt, und ich musste im Büro des Chefs antanzen, der mich (sozusagen) am Schlafittchen packte und zusammenstauchte, weil ich ständig Hosen trug, aber nie einen Rock, und der mir, das war noch nie da gewesen, dreißig Pfund als Beihilfe gab, damit ich mir zwei ordentliche Blusen kaufte. Der Unmut im Aufenthaltsraum für die Angestellten war ziemlich groß, weil ich Geld für Kleidung bekam. Die älteren Angestellten, allesamt starke Raucher, fanden das empörend, obwohl sie sich vorher auch schon über mich empört hatten, weil ich mich nicht kleidete, wie es sich gehörte, und die jungen Angestellten, die gereizt in dem dicken Zigarettenqualm saßen, fanden es ungerecht und wollten auch eine Blusenbeihilfe haben.

An dem Tag, von dem ich spreche, trug ich so eine ordentliche Bluse. Sie kratzten beide, und ich konnte den eingeschüchterten, abgestumpften Menschen, der ich mit ihnen am Leib geworden war, nicht leiden. Doch ich lächelte dem Mann zu, der hereingekommen war. Er war kein Vergleich zu dem anderen Mann weiter drüben an dem Regal, in dem Die Chronik des zwanzigsten Jahrhunderts stand.

Noch vor ein paar Wochen hatte die Chronik, irgendwo in der Mitte des Jahrhunderts aufgeschlagen, immer auf dem Lesepult gelegen, das der Buchhandlung extra dafür vom Verlag des Buchs zur Verfügung gestellt worden war. Wir drei, die im Erdgeschoss arbeiteten, hatten beschlossen, das Lesepult wegzuräumen, weil der eine Kunde jeden Tag kam und immer sein nasses Taschentuch an der Rückseite des Pults aufhängte, während er in der Chronik las. Es war jeden Tag das Gleiche: Er kam herein, hängte es an der Rückseite über das Pult, las mehrere Stunden, befühlte es dann und prüfte, ob es trocken war, faltete es zusammen, steckte es sich in die Manteltasche und verließ den Laden.

Zu uns in den Laden kamen ständig Leute, die sich merkwürdig benahmen. Es war eine Buchhandlung, die schon Hunderte von Jahren existierte, die ganze Zeit in diesem alten Gebäude voller versteckter Winkel, überraschender Auf- und unerwarteter Durchgänge. In der Buchhandlung waren schon Menschen gestorben. Die langjährigen Angestellten erzählten im Aufenthaltsraum durch den ausgepusteten Rauch in gedämpftem Ton oft von dem Tag, als einer die Dame gefunden hatte, die tot zwischen ihren Einkaufstaschen lag, die Beine von sich gestreckt, mit verrutschtem Mantel und einem erstaunten Ausdruck auf dem Gesicht, oder von dem Tag, als jemand anders den Mann fand, der im dritten Stock des Treppenhauses auf einem Fensterbrett saß und geradeaus starrte, tot.

Wir hatten einen Kunden, der Bücher stahl und wiederbrachte, nachdem er sie gelesen hatte, sie ins Regal zurückschob und sich neue zum Mitnehmen aussuchte. Das war unser Manokleptiker. Ein anderer Kunde schlummerte, an die Regale gelehnt, immer ein. Das war unser Narkoleptiker. Wir hatten eine Kundin, die hereinkam, jedes einzelne Buch in die Hand nahm, das auf dem Tisch mit den Neuerscheinungen lag, und blitzschnell die Seiten umblätterte, als fotografiere sie alles mit den Augen ab. Das war unser Kritikaster. Die beiden alten Damen, die zu jeder Lesung erschienen, die in der Buchhandlung stattfand, damit sie den kostenlosen Wein trinken konnten, nannten wir Mackintosh und Mrs Stock (Mrs Stock ging am Stock). Im Erdgeschoss arbeitete ich wesentlich lieber; in meiner ersten Abteilung, in einem Raum im zweiten Stock gleich neben einer Treppe, mussten wir immer hinter den Leuten herputzen, wenn sie im Bereich Wahre Kriminalfälle uriniert hatten und es im Neonlicht wieder von den Rücken von Büchern wie Tod im Morgengrauen, Der Yorkshire-Ripper, Massaker, Verbrechen gegen die Menschlichkeit, Das perfekte Opfer und Das Faber-Buch vom Morden tropfte. Die Pinkler waren unsere Barbaren.

Unser Name für den Mann mit dem Taschentuch war Bazille. An dem Tag, an dem wir das Lesepult forträumten, blieben wir drei alle in der Nähe des Kassentischs, stupsten uns flüsternd gegenseitig an und beobachteten das Geschehen. Er kam wie gewohnt herein. Baute sich dort auf, wo das Pult gestanden hatte. Dann kam er zum Kassentisch herüber. Barbara starrte zu Boden. Ich starrte auf meine Hände, die auf dem Tisch lagen. Er bat Andrea, ihm zu zeigen, wo er Die Chronik des zwanzigsten Jahrhunderts fand.

Andrea errötete. Sie war die Bereichsleiterin für das Erdgeschoss. Sie hob den Arm und wies auf die Stelle in der Sachbuchecke. Sagte dann: Warten Sie, ich zeige es Ihnen. Sie ging mit ihm hin und wies auf den Platz im Regal, an dem das Buch stand. Wir verfolgten alle, wie er das Buch auf Lesehöhe im Regal aufschlug, sein nasses Taschentuch aufschüttelte und es am Regalbrett aufhängte; es baumelte vor den Büchern im Fach darunter. Als es getrocknet war, klappte er das Buch zu, steckte das Taschentuch dahin zurück, wo er es hervorgezogen hatte, und ging.

An dem Tag, von dem ich erzähle, war er auch da. Er war ja immer da. Ich konnte förmlich sehen, wie der Inhalt des Taschentuchs in der Luft verdunstete und durch die ratternde Zentralheizung im ganzen Laden verteilt wurde (angeblich hatten wir Frühling, aber an dem Morgen lag, als ich zur Arbeit fuhr, Reif auf den Kirchtürmen und auf den Dächern der endlosen Reihen der Mietshäuser). Als ich ihn vorhin beobachtete, hatte ich wieder einmal überlegt, ob ich im Buchhandel aufhören sollte. Hatte mich abgewendet, damit ich nicht mehr zu sehen brauchte, wie er in seinem Mantel mit dem herabhängenden grauen Gürtel dastand, und stattdessen zum Fenster hinausgeschaut in die belebten Straßen der Altstadt und auf die verrußten Mauern der Kirche und der Geschäfte, auf die vorüberfahrenden Taxis und auf die Leute, die vom Wind herumgestoßen wurden, als sie an der Ampel warteten, oder in der Straße, wo das Museum war, wegen des

Wetters die Schultern hochzogen. Meine Bluse war mir unter den Armen zu eng. Ich reckte die Schultern und fragte mich, ob der Stoff reißen würde. Fragte mich, wie es sein mochte, im Museum zu arbeiten, bei den Hermelinen mit den Glasaugen und den ausgestopften Habichten und Füchsen, die hinter BITTE NICHT BEHRÜHREN-Schildern aufgestellt waren, den mit Draht zusammengehaltenen Dinosaurierknochen, die die große Eingangshalle bis zur Decke einnahmen, beim Geräusch vornehmen Absätzeklapperns auf Marmor, in der gewichtigen, gelehrten, methodischen Luft. Im Museum galten aber bestimmt ebenfalls irgendwelche Kleidervorschriften. Und bestimmt standen dort auch den ganzen Nachmittag Leute wie dieser Mann herum, hängten ihre Taschentücher zum Trocknen über die Zehenknochen ausgestorbener Arten, urinierten auf Raubtiere. Ich stand da und fragte mich, ob es in dieser Stadt überhaupt einen Arbeitsplatz für mich gab, wo ich nicht das Gefühl hätte, das Leben, das richtige Leben – das wichtige, weniger schmutzige –, fände woanders statt.

Dann kam der schick gekleidete Mann herein und stellte sich an den Ladentisch. Ich lächelte ihn an.

Kann ich Ihnen behilflich sein?, sagte ich.

Er legte seine Aktentasche auf den Kassentisch. Sie war groß, das Leder alt und verbeult. Ein Geschäftsmann hatte keine solche Aktentasche, vielleicht war er ja doch keiner. Vielleicht ist er Akademiker, dachte ich, denn von der Buchhandlung sind es nur ein paar Schritte zum Campus der Universität, die es seit dem Mittelalter in der Stadt gibt, und nun, da ich ihn für einen Akademiker hielt, sah ich auch, dass seine Haare ein bisschen lang und sein Anzug etwas abgetragen waren und dass da etwas Ausweichendes und Listiges in den Augen war, aus denen er mich ansah, was er beim Öffnen seiner Aktentasche tat. Ich blickte auf lauter glänzende Rücken brandneuer gebundener Bücher. Vielleicht war er Christ oder Vertreter für irgendwelche religiöse Literatur. Ich zog eine finstere Miene.

Ich bin Autor und Historiker, sagte er. Sie haben vermutlich von mir gehört. Und fast sicher haben Sie hier schon einige meiner Bücher verkauft.

Er nannte mir seinen Namen. Der sagte mir zwar nichts, ich nickte aber trotzdem und setzte ein entsprechend respektvolles Lächeln auf. Es war noch ein bisschen aufregend, wenn ein Autor in den Laden kam, damals, unmittelbar bevor Autoren ständig in Buchhandlungen auftraten, wie es heute der Fall ist. Es ist ziemlich nervtötend, dass man heute immer ein Gesicht und eine Stimme zusammen mit einem Buch parat haben muss und dass Gesicht und Stimme, Name und Körper des Autors alle Teil des Pakets sind, das für 9.99 £ über den Ladentisch geht, kleine, von ihm oder ihr abgeschälte Späne, die für die Leser zwischen die Seiten eingelegt werden wie Erratazettel oder Lesezeichen.

Der Mann zog ein Buch aus der Aktentasche und legte es auf den Ladentisch. Auf dem Umschlag war vorn ein Foto von Hitler. Ich las den Titel verkehrt herum. Irgendetwas mit wahre Geschichte.

Das ist mein neuestes Werk, sagte der Mann.

Ich öffnete den Mund und wollte ihn in die Abteilung mit den Geschichtsbüchern schicken. Er hob den Zeigefinger und gebot mir zu schweigen.

Das ist die englische Übersetzung, sagte er. Das Buch ist auf Englisch nur in dieser Ausgabe erhältlich, und deshalb muss ich es persönlich an Buchhandlungen wie Ihre und an

Institutionen verkaufen. Darum habe ich mich heute selbst herbemüht und verkaufe es an Sie. Mit der Zeit wird meine Schrift auch bei einem größeren Verlag als diesem erscheinen, denn sie ist, wie Sie sehen (er drehte den Rücken zur Seite, und ich konnte einen Blick auf ein Signet erhaschen), von einem kleinen amerikanischen Verlag publiziert worden. Ich hätte jedoch gern, dass mein Buch schon jetzt, lieber früher als später, für alle meine Leser verfügbar ist, auch wenn es momentan nur in dieser nicht leicht zu findenden und zu beschaffenden Edition vorliegt. Verstehen Sie?

Ich nickte.

Eine Buchhändlerin wie Sie, sagte er, hat doch schon aus Prinzip gern alle verfügbaren Ausgaben vorrätig, das weiß ich.

Er erwartete offenbar, dass ich nickte, und so nickte ich noch einmal.

Wir ..., sagte ich.

Vieles von dem, was uns erreicht, sagte er, ein Großteil unseres Alltagswissens, von den Kenntnissen über das Zeitgeschehen bis zu den Geschichtskenntnissen, wird ja stark zensiert.

Der Mann beugte sich nach vorn.

Dieses Buch, sagte er, ist auf seine Weise eine Rebellion gegen das, worüber wir gerade sprechen.

Er wirkte jungenhaft, schüchtern. Hatte ein charmantes Lächeln. Zensur, sagte er und lächelte dicht vor meinem Gesicht, ist der Tod der Geschichte, wie sie wirklich war. Ist der Tod der Wahrheit, könnte man sagen. Wir werden alle zensiert, an jedem Tag unseres Lebens. Sie wissen, was ich meine.

Ja, sagte ich.

Es ist wichtig, dass wir uns gegen diese üble Zensierung

unserer Identität wehren. Ich zum Beispiel, sagte er, habe es mit allen möglichen gegen mich gerichteten Verschwörungen zu tun. Sogar jetzt gibt es eine Verschwörung gegen mich. Bei allem, was ich tue, muss ich gegen andere anarbeiten, die gegen mich arbeiten.

Die Art und Weise seines Nickens erheischte mein Mitnicken, und ich tat es auch, obwohl ich nicht die leiseste Ahnung hatte, wovon er sprach.

Und das hat zur Folge, sagte er und stellte sein Buch senkrecht vor mich hin, dass meine Arbeit häufig zensiert wird, denn ich schreibe die wahre Geschichte, die niemand hören will. Ich schreibe die Wahrheit, die eine Verschwörung jüdischer Verleger nicht mutig oder nicht lauter genug ist, zu veröffentlichen, weil sie von einer jüdischen Mehrheit finanziert wird, in deren Interesse es liegt, wenn die Wahrheit täglich geleugnet wird.

Der Mann holte Luft. Sein Gesicht war leicht gerötet. Ich nickte immer noch, auch wenn ich inzwischen einen großen Schritt zurückgetreten war und mir den Kopf kratzte. Ich fragte mich, wo die anderen aus dem Erdgeschoss waren. Es hatte den Anschein, als sei keiner da außer mir, dem Mann im Anzug und dem Mann, dessen Taschentuch vor den Büchern trocknete, während er Die Chronik des zwanzigsten Jahrhunderts chronologisch durchlas.

Sie wissen, wie es ist, sagte der Mann in dem Anzug. Er lächelte mich gewinnend an.

Ich hatte die Hand unter den Ladentisch geschoben, und meine Finger ruhten auf dem Knopf, den wir Panik-Knopf nannten; der sollte gedrückt werden, wenn jemand die Ladenkasse rauben wollte oder wenn Angestellte sich bedroht fühlten. Aber wenn ich ihn drückte und der Sicherheitsdienst kam, was sollte ich sagen? *Dieser Mann ist ein Eiferer. Bitte werfen Sie ihn hinaus.* Oder: *Dieser Mann äußert Dinge, denen ich nicht zustimme. Er ist ein gefährlicher Lügner. Bitte entfernen Sie ihn aus dem Geschäft.*

Ich betastete den Knopf. Hm, sagte ich.

Er packte die Bücher aus seiner Aktentasche auf den Ladentisch; es lagen schon mehr als zehn oder zwölf darauf.

Nein, sagte ich.

Er hielt inne. Sah mich frontal an, ein Buch in der Hand.

Sind Sie Jüdin?, sagte er.

Nein, ich …, sagte ich. Es ist nicht … Es ist nur so, ich bin keine Buchankäuferin. Dazu bin ich nicht befugt. Zu Buchankäufen muss man befugt sein. Ich darf das nicht, ich bin bloß eine, eine.

Der Mann sah erzürnt aus. Für einen Moment hatte er sogar bösartig ausgesehen. Dann wurde sein Gesicht wieder ruhig.

Vielleicht könnten Sie den Geschäftsführer rufen, sagte er.

Ich kann die Bereichsleiterin rufen, sagte ich.

Darf die Bereichsleiterin Bücher ankaufen?, fragte er.

Ich nickte. Drückte die Tasten auf dem Telefon. Wir standen schweigend da, der Mann und ich, und warteten darauf, dass Andrea herunterkam. Der Mann betrachtete seinen Fingernagel, rieb ungeduldig mit dem Daumen darauf herum. Ich stand an der Ladenkasse und betrachtete bemüht den sich ablösenden Aufkleber an der Seite, auf dem stand, wie mit Barcodes zu verfahren war. Andrea kam herunter. Sie kam um den Kassentisch herum und stellte sich neben mich.

Es tut mir leid, sagte sie. Bücher wie Ihres führen wir in unserer Buchhandlung nicht.

Der Mann wirkte fast erfreut. Mit einem feinen Lächeln

verstaute er die Bücher wieder in seiner Aktentasche, schloss die Lasche und verließ das Geschäft.

Die Tür schwang zu.

Himmel, sagte ich. Herrgott.

Der kommt gleich wieder, sagte Andrea. Das macht er immer so. Er kommt durch den Nebeneingang, geht rauf und versucht es bei der Geschichte. Ich wette mit dir um einen Fünfer. Was hast du ihm gesagt?

Nichts, sagte ich. Ich hab gar nichts gesagt.

Dann geschah Folgendes: Der Mann, den wir Bazille nannten, faltete sein Taschentuch zusammen und klappte die Chronik zu. Statt jedoch wie sonst schnurstracks zu gehen, kam er an den Kassentisch. Er stand vor uns und sah mich frontal an. Schüttelte den Kopf. Dann sah er Andrea an und tippte sich mit dem Finger zweimal sacht an die Schläfe. Verrückt, sagte er. Die ist verrückt, Mann. Dann verließ er den Laden.

Als die Tür hinter ihm zugegangen war, sagte Andrea zu mir: Jedes Mal, wenn ich den sehe, schäme ich mich für das, was wir getan haben, weißt du. Ich kann deswegen nachts sogar manchmal nicht schlafen.

Dann sagte sie: Okay, du kannst jetzt in die Pause gehen.

In meiner Pause war ich sehr schlecht gelaunt. Im Aufenthaltsraum roch es wirklich nach abgestandenem Rauch. Absolut nicht förderlich für das Miteinander. An dem Tag fasste ich den Entschluss, Rauchverbotsschilder zu machen und die ringsherum an die gelben Wände zu kleben. Daraufhin brach beinahe ein Krieg aller gegen alle aus.

Nicht lange nach dem Aufruhr um das Rauchen im Aufenthaltsraum wechselte ich zu der neuen Buchhandelskette in der Neustadt. Als Erstes half ich beim Einrichten der neuen

Computer, die automatisch alle Titel nachbestellten, von denen mehr als drei Stück verkauft wurden. Dann wurde ich zur Bereichsleiterin für das Erdgeschoss befördert. Ich kann jetzt anziehen, was ich will (obwohl ich immer schick bin), und lasse meine Angestellten – in Maßen – ebenfalls anziehen, was sie wollen.

Seit meinem Wechsel halte ich Ausschau nach der Bazille. Ich habe den Mann nie wieder gesehen. In diese Buchhandlung kommen solche Leute nicht rein, und mir fällt kein anderer Grund dafür ein als der, dass es dort immer sauber ist, die Räume Holzböden haben und offen sind, nicht verwinkelt, und die Bücher und die Regale in geraden Reihen stehen; hier uriniert auch niemand, es ginge unbemerkt kaum. Sogar in den Sesseln sitzt nur selten einmal jemand, weil wir sie getreu unseren Firmenrichtlinien gut einsehbar so platziert haben, dass Menschen sich darin nicht lange wohlfühlen. Allerdings kommen Prostituierte hierher, und an Prostituierte kann ich mich aus der alten Buchhandlung nicht erinnern. Vielleicht war es dort aber auch schwierig zu verhandeln, vielleicht gab es zu viele Schlupfwinkel und Nischen und zu wenig offene Räume, als dass In-Büchern-Blättern als im Grunde harmlose Betätigung durchgegangen wäre. Vielleicht lag es auch daran, dass es in der alten Buchhandlung kein Café gab.

Aber ich sagen Ihnen: Ich bin gewappnet. Ich stehe an der Ladentheke hinter den Computern und warte. Wenn dieser Mann hier hereinkommt, wenn der es wagt, hier hereinzukommen, lasse ich ihn entfernen. Glauben Sie mir. Jetzt habe ich die Macht, das zu tun, und ich werde nicht lange fackeln.

# Dann schnell

Ich durchquerte gerade die Halle von King's Cross, wich im Zickzack anderen Leuten aus und telefonierte mit dir auf dem Handy, als ich beinahe mit dem Tod zusammengestoßen wäre.

Entschuldigung, sagte ich.

Entschuldigung wofür?, sagtest du in mein Ohr. Der Tod lächelte, trat zurück und zur Seite, als warte er.

Ich kann jetzt nicht, sagte ich. Ich bin grad am Telefon.

Mit wem redest du?, sagtest du.

Der Tod kam unerwartet. Er sah gut aus, ein Mann in mittleren Jahren mit Glatze und in einem Anzug, so hell, dass er fast zerknirscht wirkte; außerdem kam er mir irgendwie bekannt vor, irgendwie auf Künstler machend wie ein hohes Tier vom BBC aus den Tagen, als das Fernsehen noch versprach, Anstand und ästhetische Ansprüche zu haben, den Tagen, als die Theaterstücke, die es zeigte, noch mutig waren und man sich darauf verlassen konnte, dass es in den Abendnachrichten um das ging, was tatsächlich auf der Welt geschah, und nicht um Einschaltquoten, Geld oder irgendein Programmschema. Aber diese Zeiten waren vorbei, und wir wussten es beide – ich idealisierte sie sowieso, sagte mir sein Lächeln, das zwar wehmütig, aber höflich war.

Er lächelte, und mein Handy ging aus. Ich schaute darauf, das kleine Display war dunkel. Eben hattest du mir noch erzählt, wie dein Tag auf Arbeit war und dass du jetzt zu Hause warst und auf mich wartetest. Ich hatte dir erzählt, dass ich gerade durch den Bahnhof ging, den Schnellzug vermutlich noch kriegte und gegen acht da sein und uns unterwegs etwas vom Inder mitbringen würde. Wir hatten Zwiebel-Bhaji erwogen.

Ich schüttelte mein Handy kurz. Das Display blieb leer. Ich hielt es mir ans Ohr, aber da war bloß das Gräusch eines ausgeschalteten Telefons, das Geräusch von Plastik und nichts. Ich drückte den Einschaltknopf. Nichts tat sich. Ich schob mich seitlich durch die Menge bis zur Bahnhofsmauer und schlug mit dem Handy dagegen, erst sacht, dann fest. Immer noch nichts. Ich sah nach oben, damit ich nicht ins Rund und ihm ins Gesicht zu sehen brauchte. Hoch über den Ladenfronten und dem Gewühl der Menschen, die zu Zügen gingen und von Zügen kamen, wuchs ein einzelner Zweig irgendeiner Pflanze aus den viktorianischen Backsteinen der Mauer. Er blühte.

Ich sah wieder auf mein Handy. Hallo?, sprach ich für den Fall, dass du mich noch hörtest, in das kleine Loch am unteren Teil des Handys.

Ich lief los. Er ging unauffällig und schüchtern neben mir her. Ich würdigte ihn den ganzen Weg bis zu den Gleisen 9 bis 11 keines Blickes und rief dich dort von einer Telefonzelle aus noch mal an.

Du warst plötzlich weg, sagtest du. Wolltest du die Bhaji oder nicht?

Mein Handy funktioniert nicht, sagte ich. Hör mal, ist bei dir alles in Ordnung?

Bestens, sagtest du. Was ist mit deinem Handy?

Sicher, dass bei dir alles in Ordnung ist?, sagte ich.

Ja, sagtest du und dann: Was? Was ist los? Stimmt irgendetwas nicht? Bist du okay?

Er stand nun drüben beim Kaffeekiosk. Sah nicht mehr mich an, sondern eine Frau mit Kind, die in der Schlange standen, zwei Polizistinnen in leuchtendem Gelb, die sich vor der Bahnsteigschranke unterhielten, einen Mann, der die Leute an den Geldautomaten um Kleingeld anbettelte. Sein Blick wanderte von einem zum anderen, aber mir war klar, dass er, obwohl er die anderen Leute ansah, genau wusste, wo ich war.

Ich erzählte dir von ihm. Du lachtest.

Das ist nicht komisch, sagte ich. Ich denk mir das nicht aus. Es ist mein Ernst. Er steht, na ja, zehn Meter entfernt. Beobachtet den Mann, der im Kiosk den Kaffee zubereitet. Beobachtet, wie der dieses Zeug draufstreut.

Ist es Zimt?, sagtest du.

Das weiß ich doch nicht, Herrgott, sagte ich. Jetzt sieht er sich an, wie der Mann den Deckel auf den Becher drückt. Und das mit der Serviette macht, damit der Becher nicht zu heiß ist für sie, wenn sie ihn nimmt.

Für wen zu heiß?

Die Frau, sagte ich, für die Frau, die sich den Kaffee holt.

Woher weißt du, dass es der Tod ist?, sagtest du. Klingt für mich nicht gerade nach Tod. Eher nach einem Spion, der für die Direktion kontrolliert, ob die Kioskangestellten auch alles so machen wie von der Direktion verlangt.

Nein, nein, der sieht auch andere Leute an, sagte ich, nicht bloß den Kiosk. Er sieht sich die unterschiedlichsten Leute an, er …

Schau noch mal hin, sagtest du. Es ist nicht der Tod. Sondern bloß irgendjemand.

Ich schaute noch mal hin. Tatsächlich, der Mann, den ich für den Tod gehalten hatte, war ein gewöhnlicher Mann. Er benahm sich zwar etwas seltsam, war aber bloß ein Mann.

Du hast recht, sagte ich. Es ist bloß ein Mann in einem cremefarbenen Anzug.

Wie elegant, sagtest du. Richtig frühlingshaft. Hör zu, ruf mich an, wenn du noch zwanzig Minuten weit weg bist, dann bestell ich uns das Essen, und du kannst es abholen und brauchst nicht zu warten. Hast du dein Fahrrad am Bahnhof?

Ich kann dich nicht anrufen, wenn ich noch zwanzig Minuten weit weg bin, sagte ich.

Warum nicht?

Mein Handy funktioniert nicht.

Oh, hab ich vergessen. Okay, wie wär's, ich rufe da an, wenn ich meine, du bist noch zwanzig Minuten weit weg? Wann geht dein Zug?

Die blechern klickende Digitaluhr über meinem Kopf zeigte 19:10:53. Dann zeigte sie 19:10:54. Dann 19:10:55. In circa vier Minuten, sagte ich.

Gut, sagtest du. Saus los, sonst kriegst du keinen Sitzplatz. Bis nachher.

Deine Stimme war beruhigend. Die Uhr zeigte 19:11:00. Ich hängte den Hörer in die Gabel und rannte los.

Der Sitzplatz, den ich ergatterte, fast der letzte in dem Wagen, war gegenüber einer jungen Frau, die genau in dem Moment zu husten anfing, als keine anderen Plätze mehr frei waren, an die ich hätte umziehen können. Sie sah blass aus, und der Husten rasselte tief in ihrer Brust, während sie Ziffern in ihr Handy eintippte. Hi, sagte sie (hust). Ich bin im Zug. Nein, ich bin erkältet. Erkältet (hust). Ja, mich hat's erwischt. Ja, ziemlich schlimm. Hallo? (hust) Hallo?

Sie sah auf ihr Handy, als der Zug durch einen Tunnel fuhr. Das taten alle anderen auch, denn überall im Zug wurde telefoniert, er war voll besetzt mit Menschen, die vor und hinter mir verloren hallo, hallo riefen wie Blinde oder wie Leute, die sich verlaufen hatten. Die verirrten Hallos kamen nirgendwo an. Sie hingen unbeantwortet über unseren Köpfen in der Luft und schlossen jeden aus, für den sie nicht bestimmt waren, aber kaum waren wir aus dem Tunnel heraus, gingen die Handys mit schrillen Klingeltönen, Erkennungsmelodien von Fernsehshows und verwässerten Beethoven-Sinfonien von allein wieder an.

Die Frau neben mir verschlief das alles, saß mit manierlich geradem Rücken da, ein zugeklapptes Buch auf dem Schoß, die Hände darumgelegt. Die Husterin hatte auch die Augen zu. Der Mann mir gegenüber schlief; er war eingeschlafen, als der Zug losfuhr, und war nun gegen das Fenster gesackt, den Mund zu einem zahnlosen O geöffnet. Über seinen Kopf hinweg starrte ich auf die schon dämmrigen Vororte von London, auf Gestrüpp, Graffiti und die kleinen Rechtecke schnell vorbeiziehenden Lichts, die frühabendlichen Fenster des Lebens Hunderter anderer. War schon komisch, dachte ich, dass ich mir eingebildet hatte, der Mann, der mich beinahe angerempelt hätte, sei der Tod gewesen. Ich musste lachen. Die Husterin machte die Augen auf und sah mich vorwurfsvoll an. Ich sah weg, lächelte in mich hinein und stellte mir vor, wie du und ich uns später darüber amüsieren würden. Ich begann mir lustige Sachen auszudenken, die ich hinterher dazu sagen konnte, Wochen später, wenn Er sah aus wie der Tod ein geflügeltes Wort geworden war. Der Mann, dachte ich, sah kein bisschen so aus, wie der Tod in dem Werbespot des staatlichen Fernsehens dargestellt wurde – in schwarzer Kutte und gesichtslos unter seiner Kapuze stand er mit einer Sense am Rand eines Teichs voller Müll –, als ich noch klein war. Dann machte ich mir doch Sorgen, ob es ein Omen sein konnte. Ermahnte mich, nicht albern zu sein. Trommelte mit den Fingern auf mein Bein. Sie fühlten sich taub an, wie gelähmt, und mir wurde, als ich dort saß und blicklos hinausstarrte, mit einem Mal klar, und die Erkenntnis traf mich, als hätte jemand über mir mit dem Messer ein Ei aufgeschlagen und ließe den kalten Inhalt aus der Schale gleiten, mir aufs Haupt und in den Nacken, dass ich mir in meinem ganzen Leben noch niemals um etwas anderes Gedanken gemacht hatte als um mich selbst und dass ich keine Ahnung hatte, wie ich das abstellen oder ändern konnte.

Dann fiel mir auf, dass der Schnellzug sehr langsam fuhr. Und im Dunkeln zum Stehen kam. Davon wurden einige Leute wach, von denen sich viele erhoben und in ihre Mäntel zwängten, bis sie merkten, dass sie noch gar nicht zu Hause waren. Sie setzten sich wieder. Ein Intercity 125 links von uns, auch voll besetzt, hatte ebenfalls angehalten, und rechts von uns war noch ein proppenvoller Zug, der stand. Weiter hinten im Wagen erzählte jemand am Handy, dass wir sehr langsam fuhren, angehalten hatten, dass wir wahrscheinlich eine Unfallstelle passierten.

Eine Stimme meldete sich per Lautsprecher. An einer zwanzig oder dreißig Meilen entfernten Station hatte es einen tödlichen Unfall gegeben. Rings um mich begannen Leute andere Leute anzurufen und es ihnen zu sagen. Ich zog mein Handy heraus und wollte dich anrufen, erinnerte mich aber und steckte es wieder in die Tasche. Nimmst du es auf?, sagte eine Stimme hinter mir. Es kommt um neun. Hallo?, sprach die Husterin in ihr Handy. Es ist jemand gestorben, wir haben Verspätung.

Ich wiederhole die Durchsage, sagte die Stimme von der Decke, und es war eine müde und missmutig klingende

Stimme. Vorläufig liegen uns keine weiteren Informationen vor. Vorläufig wissen wir nur, dass es auf der Strecke einen Unfall mit tödlichem Ausgang gegeben hat, weitere Informationen haben wir bisher nicht erhalten, wir warten auf weitere Informationen und werden die Reisenden, sobald sie eingetroffen sind, unverzüglich davon in Kenntnis setzen.

Der Mann mir gegenüber öffnete die Augen, setzte sich überrascht auf, schaute verschlafen zwinkernd zum Fenster hinaus, schloss die Augen wieder und schlief weiter. Die Frau neben mir war aufgewacht. Sie zupfte den Mantel zurecht, der um ihre Schultern lag, und öffnete ihr Buch. Es hieß *Das Muster der Depression durchbrechen*, und geschrieben hatte es ein Mann mit Doktortitel. Ich warf aus dem Augenwinkel einen Blick auf das Gesicht der Frau. Sie sah überhaupt nicht deprimiert aus. Sie wirkte vollkommen zufrieden. Da: Ich hatte mir für einen Moment Gedanken über jemanden gemacht, den ich nicht kannte, noch nie gesehen hatte und nach dieser Zugfahrt wahrscheinlich auch nie wieder sehen würde. Ich sah hinüber zu der jungen Frau, die die Augen wieder zugemacht hatte, ihr Handy noch in der Hand hielt und mit der anderen Hand ein Taschentuch umklammerte. Ich versuchte sie zu bedauern, weil sie erkältet war. Erkältungen waren schrecklich, vor allem wenn man damit zur Arbeit gehen musste. Der Husten hielt sie nachts wahrscheinlich lange wach. Es war schrecklich, so einen Husten zu haben. Ich betrachtete den neben ihr zusammengesunkenen Mann, massig und hoffnungslos wie ein Seehund außerhalb des Wassers. Ich hatte nicht das Recht, ihn mit einem Seehund zu vergleichen oder mir irgendeine andere Metapher auszudenken, dachte ich. Dachte freundlichere Gedanken. Er ist bestimmt sehr müde, wenn er im Zug so fest schläft. Vielleicht hat er eine körperlich schwere Arbeit. Vielleicht erwartet ihn zu Hause etwas, dachte ich, das ihn die ganze Nacht nicht zur Ruhe kommen lässt, so dass er nur im Zug Schlaf findet. Vielleicht haben seine Frau und er vor kurzem ein Kind bekommen. Ich sah mir seinen Anzug an. Keine Spuren eines Neugeborenen. Vielleicht hatte seine Frau oder Lebenspartnerin oder was immer er hatte eine Depression, deren Muster sich nicht durchbrechen ließ. Vielleicht hatte er oder sie einen Husten, der beide nachts um den Schlaf brachte. Vielleicht lebte er auch allein, ohne Frau oder Partnerin, und vielleicht hielt die Einsamkeit ihn die ganzen Nachtstunden wach und hatte zur Folge, dass er nur im Zug schlafen konnte, auf dem Weg zur und von der Arbeit, umgeben von Fremden.

Ich bekam ein schlechtes Gewissen, weil ich nicht mal flüchtig an denjenigen gedacht hatte, der an der Bahnstation dreißig Meilen vor uns zu Tode gekommen war. War es ein Mann oder eine Frau? Wie war er oder sie gestorben? Hatte er oder sie einen Herzinfarkt gehabt? Sich eines Abends unter der Woche vor einen Zug geworfen, als er oder sie wie alle Tage nach Hause oder irgendwohin fuhr, wohin er oder sie einfach nicht noch einmal fahren konnte? Ich hatte mal gehört oder vielleicht irgendwo gelesen, der Frühling sei die Jahreszeit, in der es die meisten Menschen unerträglich fanden, dass das Jahr nun wieder heller wurde. Oder war es ein Unfall gewesen? War er oder sie zum Zug gerannt, um rechtzeitig nach Hause zu kommen? Und war genau im falschen Moment mit einem Fuß über die Bahnsteigkante geglitten und ihm dann mit dem ganzen Körper gefolgt? Wartete genau jetzt zu Hause jemand auf ihn oder sie, das Essen auf dem Herd und den Fernseher an?

Ich dachte an dich. Du sahst mich im Geiste jetzt irgendwo,

wo ich nicht war. Sahst mich näher an zu Hause, als ich mich befand. Riefst jeden Moment in dem indischen Restaurant an. Hattest es vielleicht schon. Oder tatest es eben jetzt. Der Gedanke, dass du unbekümmert Essen bestelltest im Glauben, ich käme pünktlich an, praktisch jeden Moment, und holte es dort ab; der Gedanke, dass es langsam kalt wurde in den Aluminiumbehältern, die in einer Tragetasche auf einem Tisch an der Seite der Restaurantküche standen; der Gedanke, dass du in unserem vorderen Zimmer saßest und glaubtest, ich käme jeden Moment zur Tür herein, deprimierte mich mehr als x-beliebige Vorstellungen über Leute, die ich nicht kannte, sogar die Vorstellung, dass sie starben.

Ich zog mein Handy hervor, aber es war immer noch tot. Ich sprach die Frau an, die das Buch über Depression las.

Entschuldigung, sagte ich.

Sie blickte auf.

Dürfte ich mir mal Ihr Handy ausleihen?, sagte ich.

Nein, sagte sie.

Oh.

Wollen Sie wissen, warum?

Ich begriff zu spät, dass sie einer der Menschen war, die sich in Hörweite von anderen, die in Bibliotheken Süßigkeiten essen, laut flüsternd über Regeln und Vorschriften verbreiten.

Ich trage aus Prinzip kein Telefon mit mir herum, sagte sie.

Ah, sagte ich.

Der Zusammenhang zwischen Mobiltelefonen und Gehirntumoren ist noch nicht widerlegt, sagte sie.

Richtig, sagte ich.

Aber auch wenn ich ein Telefon dabeihätte, bin ich nicht sicher, ob ich es Ihnen leihen würde, sagte sie. Womöglich füge ich ja schon dadurch, dass ich eines benutze, nicht nur mir selbst, sondern Ihnen und zahllosen anderen hier im Zug und Hunderten von anderen mir Unbekannten, die in der Nähe von Funkmasten wohnen, schwere Schäden zu.

Ja, sagte ich. Danke.

Sie widmete sich wieder ihrem Buch. Ihr Gesicht strahlte vor Freude. Ich sah aus dem Augenwinkel zu der jungen Frau gegenüber. Sie hatte ein Auge einen Spaltbreit geöffnet und machte es schnell zu, weil ich nicht merken sollte, dass sie zuhörte. Ich hatte es aber schon gemerkt, und das wusste sie auch und machte das Auge wieder auf.

Ich würde Ihnen meines leihen, sagte sie, aber das Guthaben reicht für Anrufe nicht mehr, nicht mal für meine eigenen. Tut mir leid.

Oh, verstehe, sagte ich. Macht nichts. Danke für das Angebot, das ist nett.

Sie nickte und schloss das Auge. Ich sah zu den vier Personen, die auf der anderen Seite an einem Tisch saßen. Sie schauten alle weg, zur Decke oder zu Boden oder ins Dunkel hinaus zu den anderen Leuten, die in den Zügen auf den Gleisen neben uns schliefen oder lasen oder am Handy waren, und dann erwachte unser Zug, der eine Dreiviertelstunde lang gestanden hatte, mit einem Ruck wieder zum Leben, und die Leute in den Fenstern der Züge parallel zu unserem rollten rückwärts, während wir vorwärts rollten.

Die Leute vorn und hinten im Wagen jubelten und begannen andere Leute anzurufen. Gut, sagte die Frau mit dem Buch. Die junge Frau mir gegenüber sah mich an, sah die Frau an, die das Buch las, drehte dann den Kopf zur Seite und drückte eine Taste auf ihrem Telefon, hielt es sich an den Kopf und sagte mit Flüsterstimme: Hallo?

Wir nahmen Fahrt auf. Rollten und schlingerten auf Gleisen, die, wie wir wussten, nicht im besten Zustand waren. Wurden wieder langsamer. Stöhnen vorn und hinten im Wagen.

Keine Chance, sagte die junge Frau in ihr Handy und hustete.

So ist es jedes beschissene Mal, wenn ich mit dem Zug fahre, jedes beschissene Mal, hörte ich einen Mann hinter mir sagen, vermutlich ins Handy, aber möglicherweise auch bloß laut vor sich hin wie ein Verrückter. Niemand übernimmt Verantwortung, sagte er. Niemand ist verantwortlich. Niemand unternimmt etwas dagegen. Niemand ist zuständig. Wer ist schuld daran? Niemand.

Ich sah den abgescheuerten billigen Stoff des Sitzes, auf dem ich saß. Was, dachte ich, wenn ich heimkomme, und es ist keiner da? Ich komme rein, und du bist nicht da. Ich öffne unsere noch nicht abbezahlte Haustür, ziehe den Mantel aus und setze mich mit dem Essen in der Tragetasche hin, und du bist nicht da. Ich hebe die fettigen Deckel nicht von den Behältern, vorsichtig, damit nichts auf den Boden tropft, während du nicht mit den Tellern und den Gabeln ankommst: Denn du wurdest in den Himmel entführt wie im Märchen, bist weg, wie wir bei getürkten Zaubertricks erwarten, dass Menschen sich in Luft auflösen, so wie es eigentlich nur bei anderen Leuten passieren soll, in einem Leben, das uns nichts angeht und unser Leben nicht betrifft. Du bist weg, von unserem Haus ist das Dach weggeflogen, und es sind bloß noch geborstene Balken da, die über umgestürzten Möbeln baumeln. Die Erde hat sich unter unserem Haus aufgetan und es verschluckt. Ich gehe nach Hause, und es ist nicht da; da ist nur noch ein Krater in der Erde zwischen den anderen

Häusern wie auf alten Fotos aus der Kriegszeit. Es war also jemand, den ich nicht kannte, gestorben. Das interessierte mich nicht, warum sollte es auch? Stattdessen steigerte ich mich mutwillig in eine Angst und in ein Gefühl hinein, indem ich mir ausmalte, wie es wäre, wenn das, was mein war, nicht mehr mein war, und hinzu kam die Erkenntnis, so deutlich und unabweisbar wie das Glas in dem Fenster neben mir, dass nichts davon jemals mein gewesen war.

Ich sah mir mein Spiegelbild in der Scheibe und durch mich hindurch das im Dunkeln liegende Land dahinter an. Es war das Ende, ich war so weit gefahren, wie es ging. Als der Zug mit einem Ruck an einem kleinen Bahnhof hielt und die Stimme von oben sagte, dass wir hier mindestens anderthalb Stunden, vielleicht auch länger, je nach Information, stehen würden, und als die Türen aufgingen und der Unwille aufgebrachter Reisender aus allen Wagen des Zugs, die Geld forderten, Taxis, Erklärungen, wie eine Woge über den Wärter der kleinen Bahnstation hereinbrach, der vor seinem Wärterhäuschen stand und panisch blinzelte, stand ich auch auf und stieg aus. Ich drängte mich durch die Menschen auf dem Bahnsteig und folgte den Schildern zum Ausgang. Welche Station das war und in welcher Stadt ich war, wusste ich erst, als ich draußen zu dem leeren Taxistand kam und den Namen sah.

Es war eine Gartenstadt. Das war irgendetwas mit Bäumen, nicht? Es bedeutete Stadt mit vielen Bäumen und viel Grün, bedeutete irgendetwas Historisches, aber ich wusste nicht mehr, was. Vielleicht musste hier laut den Statuten der Stadt eine bestimme Anzahl von Bäumen gepflanzt sein, vielleicht musste ein bestimmter Flächenanteil begrünt sein; ich hatte keine Ahnung oder konnte mich, falls ich es doch mal gewusst hatte, jetzt nicht daran erinnern.

Ich schaute auf der Straße erst nach rechts, dann nach links, wusste aber nicht, welcher Weg der richtige war. Also ging ich wieder ins Bahnhofsgebäude hinein, durch das immer noch zornige Stimmen hallten, machte einen Bogen um die Menge und schritt den Zug ab, in dem ich eben gesessen hatte, nickte im Vorübergehen Leuten zu, die ausgestiegen waren, um eine zu rauchen. Wir sitzen alle in einem Boot, versicherten wir einander mit zuckenden Achseln und kleinen Kopfbewegungen, was kann man da machen? Ich lief bis zur Spitze des Zugs. Der Lokführer hatte die Füße gegen das Fenster gestützt und las Zeitung. Ich lief den Rest des Bahnsteigs entlang, bis er endete. So weit draußen war der Lärm des Bahnhofs überraschend gedämpft. Ich setzte mich auf die Bahnsteigkannte und ließ mich auf die Gleise hinab.

Es war April, das spürte ich. Die Luft strich mir kalt über die Hände und drang durch meine Sachen – mein Mantel lag noch auf meinem Sitzplatz im Zug. Der ganze hellere Teil des Jahres, all die hellen Monate lagen noch vor mir. Ich schob die Hände in die Taschen und lief los, wollte bei jedem Schritt eine Schwelle treffen. Ich wich dem Toilettenpapier und dem Abwasser aus, und mir taten bald die Füße weh, weil ich immer wieder auf den unebenen Schotter in den Senken zwischen den Schwellen trat; mir taten die Beine schon nach dem kurzen Stück weh, das ich bis jetzt gegangen war. Das Gleisbett vor mir beschrieb im Rest der städtischen Lichter eine Kurve, und je weiter ich mich vom Bahnhof entfernte, desto tiefer wurde das Dunkel um mich herum. Was ich nun hörte, war dunkel: in der Ferne vorbeifahrende Autos, ab und zu ein Rascheln von Sträuchern, an denen das Laub ausschlug, und von Abfall, der auf den Banketten beiderseits der Schienen lag. Das alles konnte ich riechen, hatte kalte Luft in der Nase und im Rachen, die im ersten Moment nach Diesel oder Benzin schmeckte und dann nach jungem Holz, Gras und Erde.

Ich ging gleich beim ersten Klingeln ran.

Hallo?, sagte ich.

Eine Automatenstimme fragte mich, ob ich ein R-Gespräch annehme von – und nach einer kurzen Pause sagte deine Stimme, wo immer du gerade warst, auf Band gesprochen deinen Namen.

Ja, sprach ich laut und deutlich in die für mich gelassene Lücke, damit es kein Missverständnis gab.

Hallo, sagtest du.

Es ging dir gut. Bei dir war alles in Ordnung. Du riefst aus einer Telefonzelle in einem rund um die Uhr geöffneten Supermarkt an. Der Zug, in dem du gesessen hattest, musste wegen eines Unfalls anhalten. Du kamst zu Fuß nach Hause. Warst deiner Schätzung nach noch ungefähr dreißig Meilen entfernt. Du warst stundenlang auf den Gleisen gegangen, bis drei Gleisarbeiter mit Leuchtstreifen an den Jacken hinter dir hergerannt waren, dich zusammengestaucht und gedroht hatten, dich anzuzeigen. Danach gingst du auf dem Grünstreifen neben einer Landstraße weiter und entdecktest hinter einem Feld die Lichter eines Supermarkts. Du warst bis zu den Knöcheln mit Schlamm bespritzt, auf den Schuhen und sogar darin. Du rochst nach Bauernhof.

Ich hielt mir mit einer Hand das Telefon ans Ohr und rieb mir mit der anderen die Augen. Dachte noch darüber nach, wie deine Stimme, leise und ganz unschuldig, deinen Namen gesagt und die Lücke auf dem Band ausgefüllt hatte.

Für mitten in der Nacht ist überraschend viel los, sagtest du. Da sind bestimmt ein Dutzend Leute, vielleicht mehr, die ihre Einkäufe erledigen. Sie kaufen Heftpflaster oder Orangensaft zum Beispiel. Eben ist eine Frau durch die Kasse durch, die ist mitten in der Nacht hier herausgekommen und hat ein Paar Kindersöckchen gekauft. Warum kauft man mitten in der Nacht Kindersöckchen?

Ich weiß es nicht, sagte ich.

Ich wusste es wirklich nicht. Ich wusste in dem Moment gar nichts, hatte nur das leise Geräusch deines Namens im Kopf. Es war nur dein Vorname gewesen, und etwas an der Art, wie er so ganz allein in all der Technik klang, tat mir innerlich irgendwie weh.

Ich wünschte, ich hätte sie gefragt, sagtest du. Jetzt ist sie weg. Ich werde sie das nie mehr fragen können. Da drüben ist ein Mann, sein Einkaufswagen ist bis oben voll mit Keksen, alle von derselben Sorte, irgendwelche französische Biskuits. Er hat mir erzählt, er klappert alle Orte in der Umgebung ab und kauft überall diese eine Sorte Biskuits, weil man die nur in der einen Supermarktkette bekommt. Erstaunlich, was Menschen alles machen.

Ja, sagte ich. Erstaunlich.

Zwei Angestellte, die hier arbeiten, tanzen in dem Gang, wo der Kaffee und der Tee stehen, sagtest du. Das Radioprogramm kommt aus dem Lautsprecher. Und überall stehen Kartons, sie packen die Sachen für morgen, ich meine heute, aus und füllen die Regale auf. Während wir normalerweise schlafen, schneidet irgendwo jemand große Kartons mit Zeug auf und sortiert es ein oder schneidet Stapel mit frischen Zeitungen für die Zeitungshändler in Supermärkten und Geschäften auf, daran denken wir gar nicht, wenn wir eine Zeitung oder irgendwas kaufen.

Mmh, sagte ich.

Es ist echt interessant, in einem Supermarkt zu sein, wenn man kein Geld ausgeben kann, sagtest du.

Ja, sagte ich, ich glaub's.

Du erzähltest mir, dass du dein Portemonnaie und deine Jacke im Zug gelassen hattest, alles, auch die gekauften Bücher, die nach Hause mitgenommene Arbeit, deine Brille und dein Handy.

Es war sowieso tot, sagtest du. Die Brille allerdings, da muss ich probieren, ob ich die wiederkriegen kann.

Du solltest deine Scheckkarten sperren lassen, sagte ich.

Meinst du?, sagtest du. In meinem Scheckheft, das ist oben, steht innen eine rund um die Uhr erreichbare Sperrnummer. Aber, hör mal, hab ich dich geweckt? Ich wusste erst, wie spät es ist, als ich hier ankam und die Uhr sah.

Nein, das macht nichts, kein Problem, sagte ich. Ich hab, na ja, auf der Couch gelegen und ein bisschen gedöst.

Oh, und ich hab einen Vogel gehört, sagtest du. Ich war gerade am Gehen, und er hat gesungen, wie sie es morgens tun, nur dass es total dunkel war, und es haben auch keine anderen Vögel gesungen. Ich überlege, was für ein Vogel das war. Welcher Vogel tut das denn, mitten in der Nacht einfach singen?

Hör mal, sagte ich, du musst deine Bankkarten sperren lassen, und ich glaube, das musst du selbst tun. Ich glaub nicht, dass die das andere machen lassen. Wenn ich anrufe, akzeptieren sie es von mir vielleicht nicht.

Das ist mir echt egal, sagtest du. Das interessiert mich alles nicht. Wer sie findet, kann sie behalten. Er kann auch das Geld aus dem Portemonnaie behalten. Von mir aus gern. Auf den beiden Konten ist sowieso nicht mehr viel drauf. Na ja, auf dem einen schon. Da ist sogar noch eine ganze Menge drauf. Vielleicht solltest du wegen dieses Kontos doch anrufen. Das mit der Goldkarte. Würde dir das was ausmachen? Aber das andere ist mir egal. O Gott. Aber meine Kreditkarte. Ich glaub, meine Kreditkarte war auch im Portemonnaie.

Ich notierte das Wort Kreditkarte und sagte, wenn sie die Sperrung von mir nicht akzeptierten, würde ich verlangen, dass sie den Verlust vermerken, damit du nicht für irgendetwas haftbar gemacht wirst, was nach meinem Anruf passiert. Ich sah auf die Uhr. Es war zehn nach drei.

Ich kümmer mich mal lieber darum, sagte ich.

Nein, warte, sagtest du. Noch einen Moment.

Aber der Mann mit den Biskuits. Was, wenn er sie mit deiner Kreditkarte kauft?, sagte ich.

Das ist mir egal. Bleib dran. Hör mal. Hörst du das?

Was?

Sch. Hör mal, sagtest du.

Ich hörte im Hintergrund ein dumpfes regelmäßiges Wummern wie der Herzschlag einer Fabrik. Vielleicht war es das Geräusch meines Herzens. Bestimmt pochte etwas in mir so stark, dass ich ein bisschen schwankte, als ich da im Flur stand und das Telefon hielt.

Hörst du das?, sagtest du.

Undeutlich, sagte ich.

Du sangst inzwischen im Rhythmus mit. The moment I wake up, sangst du. Before I put on my make-up, make-up.

Hinter dir, hörte ich, sang noch jemand.

Die da singt, das ist Kerry, sagtest du.

Wer?

Kerry. Sie arbeitet an der Kasse, sagtest du. Sie ist neunzehn und hat schon drei Kinder, alle unter fünf. Sie hat es richtig schwer, weil sie und ihr Mann Tag und Nacht arbeiten müssen, um sich über Wasser zu halten.

Auf der Küchenuhr war es Viertel nach drei. Du sangst ins Telefon. I run for the bus, dear. While riding I think of us, dear. Womöglich, dämmerte mir, warst du gar nicht am Telefon, sondern ich bildete mir das nur ein. Du erzähltest mir nun von Dave, Kerrys Mann, der eine Ausbildung als Maler und Raumgestalter machte, und dass Maler und Raumgestalter momentan aber ihre liebe Not hatten, an Aufträge zu kommen, wegen des Heimwerker-Booms.

Ich fiel dir ins Wort. Wie ist das mit dem Tod weitergegangen?, fragte ich.

Sie haben den Zug angehalten, sagtest du.

Wegen dieses Mannes?

War es ein Mann?, sagtest du. Kam in den Nachrichten etwas darüber? Was ist passiert?

Na, du hast ihn doch gesehen, sagte ich. In den weißen Sachen, am Bahnhof.

Oh, sagtest du. Oh, das. Das hab ich völlig vergessen. Ehrlich. Stell dir mal vor, du siehst jemanden und denkst so was. Er sah aus wie der Tod.

Du lachtest. Ich leg mal lieber auf und ruf für dich bei der Bank an.

Nein, bleib noch, sagtest du, und deine Stimme klang hell und dünn in meinem Ohr. Es wird bald hell. Die Sonne kommt bald raus.

Ich weiß, sagte ich. Ich muss in viereinhalb Stunden zur Arbeit.

Oh. Stimmt. Okay, dann schnell, bevor du auflegst, sagtest du. Erzähl. Wie war dein Abend? Was hast du heute Abend gemacht?

Was ich heute Abend gemacht habe?, sagte ich. Zuerst wurde ich mit einem Ruck in die Luft gerissen und hab mit den Armen und Beinen um mich geschlagen. Als wäre ich ein Fisch am Angelhaken.

Äh, was?, sagtest du.

Als ziehe jemand im Himmel mich an einer langen Leine hoch, sagte ich. Oder als hinge ich mit der Taille an einem Seil, dessen anderes Ende an einem Flugzeug hängt. Und dann hab ich mir angesehen, wie unser Haus in sich zusammengefallen ist, und hab eine ganze Weile in dem Schutt gelegen. Dann hab ich mich komplett in Luft aufgelöst. War nicht mehr vorhanden. Dann hast du angerufen.

Ich hab was? Und du hast was?, sagtest du.

Ich holte tief Luft und zählte bis zehn. Ließ beim Zählen meinen Abend Revue passieren.

Eins. Es ist noch früh am Abend. Ich liege auf der Couch und sehe fern, während du mit dem Zug aus London nach Hause kommst. In der Sendung zeigen sie eine Frau, die ihre Mutter über Nacht weggeschickt hat, um den Mann der Frau, den Schwiegersohn, in Dorset abzuholen, und unterdessen kommen Leute von der BBC und bringen den Garten der Mutter auf Vordermann. Der Garten ist riesig, und die Fernsehleute, die den langen grünen Rasen umgraben und schon mit dem Verlegen der Steinplatten beginnen, die ihn ersetzen sollen, schütteln vor der Kamera immer wieder den Kopf, weil es schwierig wird, die dieswöchige Episode in so kurzer Zeit zu schaffen, erst recht bei dem schlechten Wetter. Es regnet und regnet. In vielen Einstellungen wird gezeigt, wie sich die Fernsehleute und die Frau, deren Mutter der Garten gehört, unter einem großen alten Baum unterstellen. Sie beschließen, dass der Baum krank ist. In der Pause zwischen den zwei nächsten Schauern sägen sie den Baum mit einer Kettensäge um und graben mit schwerem Gerät die Wurzeln aus. Am Ende der Episode sind die Fernsehleute aufgeregt und verstecken sich hinter einer neuen Pagode, als die Frau mit ihrer Mutter hinten zum Haus rausgeht und ihr den Garten zeigt, der wie ein moderner Friedhof aussieht. Fassungslos blickt die Mutter sich um. Die Fernsehleute springen hervor und überraschen sie, und sie bricht in Tränen aus. Ich kann nicht glauben, dass ihr das seid, sagt sie. Ich kann nicht glauben, dass die das sind. In einer Montage sieht man Vorher-nachher-Aufnahmen. Champagner wird aufgemacht. Die Fernsehleute verteilen liebevolle Stupser an die Frau, den Ehemann und die Mutter. Die Mutter schüttelt immer noch den Kopf, wischt sich die Augen und sieht die Fernsehleute groß an.

Die Sendung ist zu Ende. Ich gehe in die Küche und schaue auf die Uhr für den Fall, dass die auf dem Videorecorder angezeigte Zeit falsch ist.

Zwei. Ich rufe in dem Restaurant an. Macht 22,50 £, sagen sie.

Drei. Ich laufe zu dem Restaurant und bezahle das Essen, das ich mit nach Hause nehme und, noch in der Tragetasche, in den ausgeschalteten Herd stelle.

Vier. Ich probiere es auf deinem Handy. Werde zur Mailbox weitergeleitet. Eine Bandstimme sagt, ich kann eine Nachricht hinterlassen. Ich hinterlasse dir eine Nachricht, bei der ich mich, ich weiß es selber, etwas schrill und seltsam anhöre. Zum Schluss sagt die Bandstimme, ich kann meine Nachricht korrigieren, wenn ich die Drei drücke. Ich drücke die Drei und lösche die Nachricht. Schalte noch einmal den Fernseher ein und lege mich wieder auf die Couch. Feuerwehrleute sind gefährdet, weil es zu wenige Feuerwehrleute gibt. Ein Spot mit Werbung für Special K. Snooker. Eine Frau sagt zu einem

Mann: Es tut mir leid, Luke, wirklich. Ein Fußballspieler plädiert gegen ein Verbot des Einsatzes von Steroiden. Die Antwort ist Gormenghast. Eine alte Folge von EastEnders, in der alle jünger und die Kleider veraltet aussehen. Von einhundert Personen, die gebeten wurden, ein Tier zu nennen, das in Kinderbüchern eine Rolle spielt, hat niemand Elefant geantwortet; ein Mann antwortet Elefant, und seine Familie verliert ein Leben. Ein Zeichentrickfilm. Ein Fußballspiel zwischen irgendwem und Brasilien. Die Fotografie einer Brücke in einem Dorf vor hundert Jahren, und die Stimme aus dem Off sagt, damals gab es im Dorf meiner Großmutter noch keine Autos. Eine Boyband. Ein Spot mit Werbung für Kalms. Eine alte Episode von Star Trek. Eine Baseballmannschaft möchte ihre Spielstätte umbenennen. Das Wetter heute Nacht (wolkenlos). Herzförmige Plätzchenausstecher im Angebot. Eine alte Folge von Coronation Street, in der alle jünger und die Kleider veraltet aussehen. Jerry Springer, der zu einem alten Mann mit einem Bein sagt: Sie haben sie also in einem Gemischtwarenladen kennengelernt? Ein Spot mit Werbung für Digitalfernsehen. A: Morecambe und Wise, B: Mulder und Scully oder C: Bonnie und Clyde? Ein leuchtendes Gehirn und eine Stimme aus dem Off, die sagt: Ich glaube, es gibt wirklich kein inneres Ich. Wir sind nichts weiter als eine von Genen gebaute Maschine. Eine Idee kann ein Gehirn befallen wie ein Keim, ein Parasit. Wir sind die Geschöpfe unserer Gene und unserer Meme. Ich zappe die Kanäle noch einmal von vorn durch, und das ist, als käme eine Flut auf mich zugerollt, die fortgeworfenen Müll heranträgt, Zeug, das von überall auf der Welt angeschwemmt wurde und aus Stoffen besteht, die niemals verrotten.

Fünf. Ich schalte den Fernseher aus. Gehe in die Küche rüber und probiere dein Handy. Die Stimme sagt, ich kann dir eine Nachricht hinterlassen. Ich hinterlasse eine gefasst klingende Nachricht, sage, ich hoffte, bei dir sei alles in Ordnung, und bitte dich, mich anzurufen.

Sechs. Ich gehe nach oben und sehe vorn zum Fenster hinaus. Gehe runter und probiere noch einmal dein Handy. Die Stimme sagt, ich kann dir eine Nachricht hinterlassen. Ich hinterlasse eine, die deutlich weniger gefasst klingt als die vorige, und bereue schon beim Auflegen des Telefons, dass ich die nicht wieder gelöscht habe. Ich hole mein eigenes Handy und schreibe dir eine SMS. WO STECKST DU? XXX. Ich drücke senden. Nachricht kann nicht zugestellt werden. Ich drücke noch einmal senden. Nachricht kann wieder nicht zugestellt werden. Ich rufe die 453 an, und eine Automatenstimme sagt mir, dass ich noch 6 Pence Guthaben auf meiner Telefonkarte habe.

Sieben. Ich mache die Haustür auf. Stehe mitten auf der Straße und halte Ausschau. Gehe ein kleines Stück, damit ich bis zur Kurve sehen kann. Gehe bis zu der Kurve, damit ich die andere Straße einsehen kann. Gehe zum Haus zurück. Licht loht aus der Haustür heraus. Ich gehe gleich in die Küche und probiere dein Handy. Als ich der Stimme lausche, die mir sagt, ich könne dir eine Nachricht hinterlassen, fällt es mir wieder ein: Du hast mir gesagt, dein Handy funktioniere nicht.

Acht. Du bist verschollen. Bist irgendwo verschüttgegangen. Du weißt nicht, wo du bist.

Ich stehe in der Küche beim Kühlschrank und bete, was ich seit Jahren nicht mehr getan habe. Das letzte Mal ist so lange her, dass ich nicht mehr genau weiß, wie es geht. Ich bin höflich und verzweifelt.

Du bist irgendwo, wo ich dich nicht erreichen und nicht hören kann, und du hast Schmerzen.

Ich feilsche. Verspreche, wieder Katholikin zu werden, wenn du unversehrt nach Hause kommst.

Du bist irgendwo, wovon ich nichts wissen soll, und bei irgendwem, von dem ich nichts wissen soll.

Neun. Ich setze mich auf die Couch. Sehe mir meine Fingernägel an. Sehe mir dann meine Daumennägel an, erst den einen, dann den anderen. Wie wäre das, überlege ich, wenn ich auf dem Daumen oder auf dem Zeigefinger oder auf diesem kleinen Finger keinen Nagel hätte. Das soll, wie ich weiß, äußerst schmerzhaft sein und wird als Foltermethode verwendet. Unsere Fingernägel, das weiß ich wahrscheinlich aus einem Bericht, den ich mal im Fernsehen gesehen habe, sind Überbleibsel der Klauen von Neandertalern und Tieren; sie schützen die Nerven in unseren Fingern und bestehen aus Proteinen, aus Keratin. Sie wachsen ziemlich schnell, ganz schön viel pro Woche. Sie wachsen sogar nach dem Tod noch eine Zeitlang weiter, genauso das Haar. Es wächst trotzdem. Das weiß jeder.

Ich muss daran denken, wie du vor zwei Jahren einmal davon wegkommen wolltest, dir die Nägel bis aufs Fleisch abzuknabbern, indem du dir bloß noch einen Nagel pro Tag zum Knabbern gestattetest, den Daumen am Montag, den Zeigefinger am Dienstag, den nächsten am Mittwoch. Ich überlege: Machst du das noch so, oder knabberst du heute an einem x-beliebigen Nagel pro Tag, oder knabberst du gar nicht mehr daran? Ich erinnere mich nicht. Ich weiß nicht, wie lang oder kurz deine Nägel sind.

Zehn.

Du sprachst am Telefon im Supermarkt noch einmal meinen Namen. Hallo?, sagtest du. Liebes? Bist du noch dran?

Ja, sagte ich.

Was hast du heute Abend gemacht?

Ach, nichts Besonderes, sagte ich. Hör mal. Soll ich kommen und dich mit dem Auto abholen? Ich wäre in einer halben Stunde da.

Nein, sagtest du. Ich möchte lieber zu Fuß gehen. Es wird ja auch bald hell.

Das stimmte; es war April. Sobald wir aufgelegt hatten, wollte ich bei der Bank anrufen, die Türen alle abschließen, mir die Zähne putzen und ins Bett gehen, den Wecker auf vier Stunden später stellen, mich auf dem Rücken auf meine Seite des Betts legen und versuchen, die mir verbliebene Zeit durchzuschlafen, dein Kissen auf den Augen zum Schutz vor dem Licht.

Ich leg jetzt auf und ruf für dich bei der Bank an, sagte ich.

Bleib noch dran, sagtest du.

Ich sah auf die Uhr.

Noch fünf Minuten?, sagtest du.

Okay.

# Mai

Ich erzähle es dir. Ich hab mich in einen Baum verliebt. Gegenwehr war zwecklos. Er stand in voller Blüte.

Es war ein Tag wie alle anderen Tage, und ich wollte zur Arbeit, ging denselben Weg wie immer von unserem Haus in die Stadt. Ich war noch nicht mal weit von zu Hause weg, grad mal um die Ecke gebogen. Ich schaute nach unten auf den Gehweg und überlegte im Gehen, ob die Stadtverwaltung jemanden dafür bezahlte, dass er den ganzen Tag herumlief und Ausschau nach Stellen auf dem Boden hielt, an denen jemand stolpern konnte. Wie wäre so eine Stelle in der Zeitung inseriert, unter welchem Titel? Inspektor für Geh- und Verkehrswege. Bordsteinrevisor. Referent für kommunale Fußwege-Erosion. Über welche Qualifikationen musste man dafür wohl verfügen? Wenn der Moderator einer Quizshow oder beispielsweise ein lächelnder Fremder auf einer Party fragte: Was machen Sie eigentlich? Was sagte der Angesprochene da? Ich bin Asphaltadministrator, das wird gut bezahlt, man braucht viel Sachkompetenz dafür, das ist eine Lebensstellung mit ausgezeichneten Aufstiegsmöglichkeiten.

Vielleicht nahm die Verwaltung diese Aufgabe aber nicht mehr wahr. Vermutlich tat das bereits eine private Firma, und die schickte Leute raus, die den Zustand der Straßen kontrollieren mussten, und übermittelte die gewonnenen Erkenntnisse an ein bei der Stadtverwaltung dafür zuständiges Gremium. So war es wohl eher. Ich ging so vor mich hin, das weiß ich noch, und merkte mir alle Stellen, die unter die Lupe genommen gehörten, bis der Boden vor mir auf einmal nicht mehr da war. Sondern verschwunden. Und auf dem Gehweg vor meinen Füßen etwas lag, das aussah wie herangewehte Seide. Es waren Blütenblätter. Die Blütenblätter waren von einem wunderschönen Weiß. Ich schaute nach oben, weil ich wissen wollte, wo die herkamen, und sah es.

Eine Frau trat aus einem Haus. Sie sagte, ich solle ihren Garten verlassen. Fragte, ob ich Drogen genommen hätte. Nein, erklärte ich. Sie würde die Polizei rufen, sagte sie, falls ich das nächste Mal, wenn sie aus dem Fenster sah, nicht verschwunden war, ging wieder hinein und schlug die Tür zu. Ich hatte nicht mal gemerkt, dass ich in einem Garten war und noch dazu schon so lange dort stand, dass es auf andere beunruhigend wirken konnte. Ich verließ ihren Garten, blieb vorm Tor stehen und sah mir den Baum halt von draußen an statt von drin. Die Frau rief die Polizei aber trotzdem, und ein Streifenwagen kam mit einem Mann und einer Frau darin. Sie waren höflich, aber bestimmt. Sprachen von Hausfriedensbruch und Herumlungern, notierten meinen Namen und meine Adresse, verwarnten mich und fuhren mich nach Hause. Sie warteten, bis sie sahen, dass ich einen Schlüssel für unser Haus besaß und nicht nur schauspielerte; warteten in ihrem Auto, bis ich die Tür aufgeschlossen hatte, hineingegangen war und sie hinter mir zumachte; saßen bei laufendem Motor noch zehn Minuten reglos vor dem Haus, und dann hörte ich sie Gas geben und wegfahren.

Ich hatte keine Ahnung, dass es für unzulässig angesehen werden konnte, wenn jemand länger als die für angemessen geltende Zeit zu einem Baum hinaufsah. Als das Polizeiauto vor unserem Haus hielt und ich aussteigen wollte, konnte ich es nicht – ich hatte noch nie in einem Polizeiauto gesessen; die hinteren Türen haben innen keine Griffe, und man kommt nur raus, wenn einen jemand rauslässt. Ich dachte erst, es läge an meinen Augen, dass ich den Griff nicht fand, denn mit denen war irgendetwas passiert. Sie waren voller Weiß. Ich sah nur Weiß. Das mit der Frau und der Polizei hatte sich für mich hinter einem Vorhang aus betäubendem Weiß abgespielt, durch den alle und alles wie geisterhafte Radiostimmen bei mir ankamen, ein Drama, das einer anderen widerfuhr, die hinter mir war. Noch während ich im Flur stand und sie wegfahren hörte, sah ich alles nur durch ein waberndes strahlendes Weiß; und als sie schon weg waren, als ich schon eine ganze Weile auf dem Teppich gesessen hatte und überrascht die Ausmaße der kleinen Hubbel und Senken des Materials unter meinen Händen spürte, sah ich die Ränder der Bilder an unseren Wänden, den Stapel Werbepost auf dem Tisch im Flur und die verdrehte schwarze Telefonschnur auf dem Boden neben mir vor lauter Weiß immer noch bloß verschwommen.

Ich dachte daran, dich anzurufen. Dann dachte ich an den Baum. Es war der schönste Baum, den ich je gesehen hatte. Überhaupt das Schönste, was ich je gesehen habe. Seine Blüte war eine Hochsommerblüte, nicht die kalte zeitige Frühjahrsblüte so vieler Bäume und Sträucher, die im März kommt und noch mehr Schnee und Kälte ankündigt. Das war Himmelblauweiß, war Hitzeschleierweiß, das Weiß der Laken, die man im Garten von der Leine holt, in null Komma nichts getrocknet, weil die Luft so warm ist. Es war das Weiß der Sonne, das Weiß im Hintergrund aller Farben, die es gibt, das Weiß staunend geöffneter Münder, Schwaden eines süß duftenden Weiß, die sich hoben und senkten und nickend ja sagten, immer wieder ja, ja, ein überschäumendes Weiß. Es war ein Weiß, das sich nach Bienen sehnte, das dich, mit Staub bedeckt, mit Pollen beschmiert, in sich haben wollte; es war umso schöner, weil es so flüchtig war, kurz vorm Vergehen, demnächst weggeschubst wurde vom Wind und vom kommenden Laub. Es war das Weiß vor dem Grün, und das Grün dieses Baums, das wusste ich, würde mit seiner Schönheit die des Weiß noch übertreffen; sollte ich ihn voll belaubt sehen, würde ich nichts als Grün sehen und riechen. Mein ganzer Kopf – nicht bloß meine Augen, i wo –, alle meine Sinne, mein ganzes Ich von Kopf bis Fuß würden sein Chlorophyll aufnehmen und sich verwandeln. Ich war jetzt schon verwandelt. Sieh mich an. Ich saß im Flur und blinzelte albern, als ich einfach nur schauen wollte, hob mir die Hand vor die Augen und sah zu, wie sie sich bewegte, als sei es die Hand einer anderen, und wusste, dass ich in meinem ganzen Leben niemals wieder etwas so Schönes sehen oder fühlen oder schmecken würde wie den Baum, den ich schließlich entdeckt hatte.

Mich an der Wand abstützend, kam ich auf die Beine. Tapste durch die dünne Luft zur Treppe und streckte die Hand zum Geländer aus, schaffte es bis nach oben, kroch auf allen vieren vom Treppenabsatz in unser Schlafzimmer, brachte es fertig, mich aufs Bett zu legen und die Augen zu schließen, aber das Weiß war noch da, sogar hinter den geschlossenen Lidern. Es pochte wie pulsierendes Blut, dumpfer und heller, heller und dumpfer. Wie oft war ich in meinem Leben schon an dem Baum vorbeigekommen, einfach vorbeigelaufen, ohne ihn zu sehen? Ich war diese Straße doch bestimmt schon tausendmal entlanggegangen, noch öfter. Wie konnte es sein, dass ich ihn übersehen hatte? Wie viele andere

Dinge hatte ich verpasst? Wie viele andere Lieben? Das spielte keine Rolle. Nichts spielte jetzt noch eine Rolle. Die Knospen waren wie die spitzen Hufe einer Herde kleiner Rehe. Die Blüten waren wie – nein, sie waren wie nichts als Blüten. Die Blätter würden, wenn sie kamen, wie nichts als Blätter sein. Ich hatte noch nie einen Baum gesehen, der so sehr Baum war. Es war eine Befreiung. Ich dachte an die Wurzeln und den Stamm. War ganz begeistert bei dem Gedanken, dass die Wurzeln und der Stamm Wasser durch die Äste zu den Knospen und Blüten und Blättern schickten und dass Wasser, wenn es regnete, auch durch die Blätter zurückgeschickt und durch den ganzen Baum verteilt wurde. Es war so raffiniert. Ich konnte atmen, weil es so war. Ich pries die Rinde, die das Rückgrat und den Saft des Baumes schützte. Dachte an die feinen Furchen darin. Stellte mir vor, mit den Fingern darüberzustreichen. Dachte an das Innere des Stamms, an die im Kreis verlaufenden Ringe, einer für jedes Lebensjahr mit all seinen Jahreszeiten, und brach in Tränen aus wie ein Teenager. Ich lag auf dem Rücken im Bett und weinte und lachte, als wäre ich wieder siebzehn. Ich war diejenige, die wie etwas anderes als ich war. Ich hätte auf der Arbeit sein sollen und lag stattdessen im Bett, ein Kissen im Arm, und mir war fröhlich und leicht ums Herz oder die Seele, den Sinn oder die Lunge oder was immer es war, das mich so fühlen ließ; ein Knoten war geplatzt, ein Gängelband war gerissen und davongeflogen und hing jetzt, für mich unerreichbar, in den obersten Ästen des Baumes.

Ich schlief ein. Träumte von Bäumen. Im Traum war ich in ein Zimmer gestiegen, das auch ein Obstgarten war; es befand sich oben in einem massiven alten Haus, in dessen Parterre der Putz bröckelte und dessen Obergeschoss ganz aus

Bäumen bestand. Ich war die gefährlich baufällige Treppe an den anderen Stockwerken vorbei hinaufgestiegen und kam an die Tür zu dem Zimmer; die Bäume darin, klein und reglos unter dem Dach, warteten auf mich. Als ich wach wurde, sah ich schon viel klarer. Ich wusch mir im Bad das Gesicht, richtete mir die Kleider. Ich sah passabel aus. Ging in die Küche hinunter und kramte so lange in dem Schrank unter der Spüle, bis ich das Fernglas deines Vaters in dem Lederetui gefunden hatte. Am Badfenster und an den beiden Fenstern des nach hinten rausgehenden Schlafzimmers ging es nicht, aber von der Dachluke aus sah ich, wenn ich mich so weit hinauslehnte, dass die Vorsprünge nicht im Weg waren, das Weiß der Krone zwischen den Häusern schimmern. Wenn ich mich richtig hinauslehnte, sah ich sie fast ganz. Aber es war nicht einfach, mich so weit hinauszubeugen und zwischen den Dachstreben das Gleichgewicht zu halten, also holte ich das alte Brett, das wir unter der Matratze unseres ersten Betts liegen hatten, aus dem Schuppen, zersägte es, damit ich es durch die Dachluke bekam, ging noch mal in den Schuppen hinunter, nahm den Hammer und ein paar Nägel mit und nagelte die zwei Teile des Bretts auf dem Dach wieder zusammen.

Vögel besuchten den Baum. Sie flogen hinein, ließen sich kurz nieder, manchmal sogar für eine ganze Minute, und flogen wieder davon. Sie kamen allein oder paarweise, ein dunkles Flattern in dem Weiß. Oder sie verschwanden zwischen den Blüten. Insekten, die eine ausgezeichnete Nahrung für Vögel sind, leben oft auf dem Stamm und den Ästen von Bäumen. Für Ameisen sind Bäume ein idealer Lebensraum, in dem sie sich vermehren, Kolonien bilden, Insekten, Blattläuse etwa, mästen und zur Milchgewinnung nutzen können. (Das habe ich später am Abend im Internet herausgefunden.) Der Verkehr floss an dem Baum vorbei, ohne ihn zu bemerken. Menschen gingen vor und hinter ihm ihrer Wege. Mütter kamen auf dem Weg zur Schule, von der sie die Kinder abholten, daran vorbei und auf dem Rückweg mit ihnen zusammen noch einmal. Im Umkreis des Baums kamen Leute von der Arbeit nach Hause. Die Sonne umkreiste ihn am Himmel. Seine Äste hoben und senkten sich im leichten Wind. Blütenblätter lösten sich von ihm, trudelten auf ein Auto oder einen Rasen oder segelten zu meinem Verdruss so weit fort, dass ich nicht sehen konnte, wo sie landeten. Die Zeit verging wie im Flug. Wirklich wahr. Ich muss stundenlang geschaut haben, den ganzen Nachmittag, denn plötzlich warst du von deiner Arbeit zurück und hast mich angeschrien, weil ich oben auf dem Dach war. Ich kam runter, ging ins Internet und tippte das Wort Baum ein. Da gab es massenhaft Sachen. Ich ging raus, als du mich zum Abendessen riefst, ging nach dem Essen wieder rein und ging wieder raus, als du sagtest, du müsstest jetzt schlafen, und wenn ich nicht sofort ins Bett käme, würdest du dir ernsthaft überlegen, mich zu verlassen.

Vor Wut über die Frau, die glaubte, der Baum gehöre ihr, wachte ich mitten in der Nacht auf. Setzte mich kerzengerade im Bett auf. Ich konnte gar nicht glauben, wie zornig ich war. Wie konnte sich jemand einbilden, er besitze etwas, das so unbesitzbar war wie ein Baum? Dass er im Garten dieser Frau stand, hieß doch nicht, dass es ihrer war. Wie konnte es ihr Baum sein? Es war doch ganz klar mein Baum.

Ich musste etwas unternehmen. Ich beschloss hinzugehen, jetzt, im Dunkeln, und anonym Steine auf ihr Haus zu werfen, ein, zwei Fenster einzuschlagen und wegzurennen. Das würde sie lehren, was ihr nicht gehörte. Das würde ihr recht geschehen. Auf dem Wecker war es Viertel vor zwei. Du schliefst, drehtest dich herum und murmeltest etwas im Schlaf. Ich stand leise auf, damit ich dich nicht störte, und ging mit meinen Sachen ins Bad, damit ich dich durch mein Anziehen nicht weckte.

Es regnete ziemlich stark, als ich aus dem Haus trat. Ich strich unter den Bäumen in unserem Garten herum und suchte handliche Steine, die ich werfen konnte. (Nicht dass unsere eigenen Bäume weniger wichtig gewesen wären als der Baum, den ich gesehen hatte; sie waren prima und alles, nur eben nicht er.) Ich fand ein paar glatte Kieselsteine, die wir mal von einem Strand mitgebracht hatten, steckte sie in die Jackentasche und ging hintenherum raus, damit du vorn nichts hörtest. Auf dem Weg um die Ecke zu dem Haus der Frau stand ein Container am Straßenrand; jemand legte bei sich eine Zufahrt an und schachtete dafür einen Vorgarten aus. In dem Container lag massenhaft Bauschutt, sogar halbe Backsteine und jede Menge zerschlagene und entsorgte Gehwegplatten. Niemand sah mich. Es war kein Mensch auf der Straße, egal auf welcher, und nur selten brannte noch Licht in einem Fenster.

Das Haus der Frau lag im Dunkeln. Ich war bis auf die Haut durchnässt vom Regen, und auf dem Gehweg vor ihrem Gartentor klebten nasse Blütenblätter. Ich klemmte mir das Stück Gehwegplatte unter den Arm und öffnete geräuschlos das Tor. Ich hätte der perfekte Einbrecher sein können. Geräuschlos überquerte ich ihren Rasen bis zu dem Baum.

Der Regen schlug die Blütenblätter herunter; sie landeten, vom Wasser schwer und plattgedrückt, in einem weißen Kreis auf dem dunklen Gras rund um den Rand des tropfenden Baums. Die beladenen Zweige verstärkten das Geräusch;

der Regen über mir war ein stetiges Summen, durchsetzt mit einzelnen Tönen, die beim Aufprall von Tropfen auf Blüten entstanden. Inzwischen konnte ich auch wieder atmen. Ich setzte mich neben den Wurzeln in das nasse Gras; Blütenblätter klebten an meinen Schuhen, und als ich mir durchs Haar fuhr, hingen Blütenblätter an meinen Fingern. Ich reihte meine Kiesel, die halben Backsteine und das Stück Gehwegplatte vor mir auf, im Bedarfsfall griffbereit. Auch daran klebten Blütenblätter. Ich klaubte zwei ab. Sie waren wie etwas nach einer Hochzeit. Ich zitterte mittlerweile, obwohl es nicht kalt war. Nur feucht. Angenehm. Ich lehnte mich an den Stamm, spürte, wie die Hubbel seiner Rinde durch die Jacke hindurch an meinen Rücken drückten, und sah, wie das Wasser die Blüten zerfetzte, die es herunterriss.

Du sitzt mir gegenüber am Küchentisch und erzählst mir, du hättest dich verliebt. Als ich wissen will, wer es ist, siehst du mich vorwurfsvoll an.

Nicht in *jemanden*, sagst du.

Dann sagst du, du seiest in einen Baum verliebt.

Du siehst gar nicht gut aus. Bist blass. Vielleicht, denke ich, hast du Fieber oder brütest eine Erkältung aus. Du spielst mit der Filzmatte unter dem Toaster. Ich tue gelassen. Schaue kein bisschen verärgert oder beunruhigt. Sehe mir die alten Krümel an, die in einer Reihe am Rand der Matte liegen und von den Gott weiß wie vielen Malen sind, die wir hier gefrühstückt haben. Ich denke für mich, du musst einen guten Grund fürs Lügen haben, denn normalerweise lügst du nie, das sieht dir gar nicht ähnlich. Seit kurzem aber, das muss ich sagen, bist du nicht mehr dieselbe. Wie ein Kind ziehst du mal ein trotziges, mal ein besorgtes und mal ein ungetrübtes Gesicht; kaum meinst du, ich sei eingeschlafen, steigst du aus dem Bett und schleichst dich aus dem Haus, und ständig erzählst du mir komisches Zeug über die Ausbreitung von Samen und über Wiederaufforstung. Gestern Abend fingst du davon an, dass ein Baum die Kraft von fünfzig Blättern braucht, um einen Apfel zu produzieren, dass ein Baum Millionen von Blättern austreiben kann, dass ein Stamm aus zwei Arten Holz besteht, Kernholz und Splintholz, und dass das Kernholz der Bereich ist, in den der Baum die Rückstände seines Stoffwechsels einlagert. Und, sagtest du, die Bäume in einem Wald oder Wäldchen, die weniger Licht abbekommen, weil sie unter den anderen wachsen, heißen Unterholz.

*Ich habe mich in einen Baum verliebt. Gegenwehr war zwecklos.* Ich habe zwar jedes Recht, zornig zu sein, bleibe aber ruhig. Jetzt ist kluges Handeln gefragt. Ich überlege, was die richtige Antwort wäre.

Du meinst, wie in manchen Mythen, wo unter der Oberfläche noch eine Geschichte steckt?, sage ich.

Wieso Mythen?, sagst du. Das ist kein Mythos. Das ist echt wahr.

Okay, sage ich. Ich sage es besänftigend. Nicke.

Glaubst du mir?

Ja, sage ich. Ich lasse es so klingen, als sei es mein Ernst.

Es dauert eine Weile, bevor ich dir glaube, dass es tatsächlich um einen Baum geht, und bin, als ich mir das gestatte, natürlich erleichtert. Bin sogar hocherfreut. Die vielen Jahre, die wir schon zusammen sind, und meine einzige echte Konkurrenz in dieser ganzen Zeit hat nicht einmal Genitalien. Ich laufe eine Weile herum und lächle über das Glück, das ich habe. Ein Baum, ausgerechnet, lache ich in mich hinein, als ich im Supermarkt einen Beutel Äpfel bezahle oder den Stiel aus einer Kirsche ziehe, ihn fortschnipse, die Kirsche hochwerfe und mit dem Mund auffange, mit mir zufrieden bin und hoffe, dass mich jemand gesehen hat.

Ich bin so naiv. Ich habe keine Ahnung.

Richtig überzeugt bin ich erst, als ich ein paar Tage später von der Arbeit nach Hause komme, und du reißt bei uns im Wohnzimmer mit einem Hammer und einem Schraubenzieher gerade das Laminat heraus. Das Laminat legen zu lassen hat uns ein Vermögen gekostet. Das wissen wir beide auch. Ich setze mich auf die Couch. Stütze den Kopf auf die Hände. Du strahlst mich von unten an. Dann siehst du mein Gesicht.

Ich will bloß sehen, was da drunter ist, sagst du.

Beton, sage ich. Weißt du noch, wie wir eingezogen sind und der Boden vorher aus Beton war, grässlich, und wir deshalb einen neuen Bodenbelag haben machen lassen?

Ja, aber ich wollte wissen, was unter dem Beton ist, sagst du. Ich musste nachsehen.

Und wie willst du durch den Beton durchkommen? Mit einem Schraubenzieher wird das nichts.

Ich hol im Baumarkt eine Bohrmaschine, sagst du. Eine Bohrmaschine brauchen wir sowieso.

Du setzt dich zu mir auf die Couch und erzählst mir, du hättest vor, den Baum in unser Haus zu verpflanzen.

Man kann keinen Baum in einem Haus haben, sage ich.

Doch, kann man, sagst du. Ich hab mich informiert. Man muss bloß dafür sorgen, dass er genug Wasser bekommt und dass Bienen ihn bestäuben können. Wir müssten auch ein paar Bienen halten. Ginge das?

Was ist mit Licht?, sage ich. Bäume brauchen Licht. Und was ist mit seinen Wurzeln? Leute fällen sogar manchmal Bäume, weil deren Wurzeln unter die Fundamente von Häusern geraten und sie beschädigen und nach oben drücken. Es ist verrückt, diesen Aufwand zu betreiben und die Fundamente des Hauses zu zerstören, in dem du wohnst, nicht?

Du ziehst einen Flunsch.

Um was für einen Baum geht es überhaupt?, sage ich.

Komm mir nicht so, sagst du. Ich hab dir schon gesagt, das spielt keine Rolle.

Ich darf mir diesen berühmten Baum noch nicht einmal ansehen; du machst ein Geheimnis daraus und willst es partout für dich behalten. Ich weiß, er steht irgendwo auf der Rückseite unseres Hauses, denn in die Richtung geht das Dachfenster hinaus, und du verbringst, wenn du zu Hause bist, alle Tagesstunden auf dem Dachboden. Ich weiß, er wird gerade grün, vorher, als er dir zum ersten Mal aufgefallen ist, stand er gerade in Blüte, ganz in Weiß, und was für eines!, das alles hab ich inzwischen zigmal gehört, du wolltest mich ja anrufen, konntest aber nichts sehen als dieses Weiß usw. Und wenn ich abends im Bett vorgebe, schlafen zu wollen, kommst du mir ständig mit neuen Sachen über Bäume, als wolltest du mich unbedingt überzeugen. Am ersten Abend wollte ich wissen, was für ein Baum es ist, da warst du gleich eingeschnappt (du hattest, dachte ich im Stillen, bei der erlogenen Geschichte, mit der du die Affäre oder was immer es ist vor mir verheimlichen willst, wohl schlicht vergessen, dir eine Art zurechtzulegen, und ich hatte dich erwischt). Die Art, hast du gesagt und mit den Armen gerudert, als kriegtest du gleich die Krise, ist doch bloß ein willkürliches Etikett, das Leute dranpappen, die alles in Schubladen stecken müssen; manche sind ja richtig besessen davon, aber der Witz ist, er lässt sich in keine Schublade stecken, es ist der schönste Baum, den ich je gesehen habe, mehr weiß ich nicht und mehr brauche ich auch nicht zu wissen, ich brauche ihm keinen Namen zu geben, das ist der ganze Witz dabei, verstehst du das nicht?

Nein, sage ich und sitze cool und vernünftig vor den Trümmern unseres Zimmers. Hör zu, ich will doch nur sagen, manche Bäume gehen für drin und andere nicht. Die würden in geschlossenen Räumen verkümmern. Würden absterben. Und nach deiner Beschreibung klingt es für mich so, ich selber hab ihn ja nicht gesehen, wie du weißt, also für mich klingt es so, als sei dein Baum schon zu groß dafür, ihn ins Haus zu holen.

Ich weiß, sagst du. Lässt den Schraubenzieher auf das unbeschädigte Stück Boden zu deinen Füßen fallen und lehnst dich geknickt an mich. Der Sieg ist nahe. Du bist unter meiner Achsel warm. Ich schüttele den Kopf. Schaue weiter betrübt drein, als verstünde ich.

Vermutlich ist er inzwischen jetzt schon zu fest verwurzelt und würde Schaden nehmen, wenn man ihn verpflanzt, sage ich.

Ich weiß, sagst du vernichtet. Das hab ich auch schon überlegt.

Und außerdem, sage ich nun, aber behutsam, denn ich weiß ja, welche Wirkung es haben wird. Das Dumme an deinem Baum ist, er gehört jemand anders. Es ist nicht dein Baum, den du dir einfach nehmen kannst, oder?

Das hätte ich vielleicht nicht sagen sollen, obwohl es das wert war, denn später in der Nacht konnte ich dich in den Armen halten, und in der Nacht hast du mich nicht verlassen, warst nicht kalt und wie Holz. Bestimmt ist das einer der Gründe, weshalb ich dich tags darauf von der Polizeiwache abholen muss, wo du wegen mutwilliger Beschädigung fremden Eigentums befragt wirst. Ich hab nichts Unrechtes getan, sagst du auf dem Heimweg. Sagst es immer wieder und erzählst, dass du das auch dem Mann gesagt hast, der deine Aussage im Befragungszimmer aufgenommen hat. Du möchtest den langen Weg nach Hause zu Fuß gehen, fällt mir auf, und auf keinen Fall die Abkürzung nehmen. Nachdem ich dich zu Hause abgeliefert habe, wieder oben auf dem gefährlichen Dach und mit einer Tasse Tee, die ich dir gemacht habe, schleiche ich mich hinaus. Steuere die Straßen an, die wir auf keinen Fall entlanggehen sollten. Zunächst entdecke ich nichts Ungewöhnliches. Bis ich vor einem Haus in einer wohlhabenden Straße weiß, dass ich es gefunden habe, als ich sehe, dass irgendwer mit leuchtendgrüner Farbe und ziemlich groß die Worte EIGENTUM IST DIEBSTAHL auf den Gehweg geschrieben hat.

Ein Baum steht in dem Garten. Ich schaue ihn mir gründlich an. Aber es ist bloß ein Baum, weiter nichts; er sieht aus wie ein x-beliebiger oller Baum, den jetzt am frühen Abend in der tiefstehenden Sonne Eintagsfliegen umschwirren; seine spitzen Blätter sind noch frisch, und das Gras darunter ist fleckig und liegt im Schatten. Zorn steigt in mir auf. Ich will an etwas anderes denken. Der korrekte Begriff für Eintagsfliege, sage ich mir, lautet Ephemeroptera; das weiß ich aus dem Studium, obwohl mir schleierhaft ist, warum und weshalb ich so ein Faktum je gelernt habe, und noch schleierhafter ist mir, warum ich es bis heute behalten habe. Die lästigen Viecher, wie sie auch heißen mögen, sind trotzdem da, fliegen durch die Luft. Für einen Moment hasse ich sie. Male mir aus, dass ich sie mit etwas besprühe, was sie eingehen lässt. Überlege, ob ich die Axt an den Baum anlegen soll. Sehe im Geiste die Zähne eines Sägeblatts und die Sägespäne, die die verschiedenen Holzarten unter der Rinde ergeben würden.

Ob ein anonymer Brief, überlege ich, der den Besitzer oder die Besitzerin des Hauses auf die Gefahren für die Fundamente (obwohl der Baum nicht mal in deren Nähe steht) hinweist, ihn oder sie veranlassen würde, eine Verpflanzung zu erwägen? Sehr geehrter Herr, sehe ich mich schon tippen, schüttele aber gleich den Kopf über mich, kehre um und gehe los und sehe wieder die Worte auf dem Gehweg. Die krakelige Schrift, die Buchstaben, hastig und schief und so grün, erinnern mich an dich in der Zeit, als wir uns kennenlernten, die Pubertät gerade mal hinter uns hatten, noch sicher waren, dass wir die Welt aus den Angeln heben würden.

Eine Frau tritt vorn zur Haustür heraus. Ich soll offensichtlich aufhören, vor ihrem Haus zu lachen. Ich soll weggehen, ruft sie. Wenn ich es nicht tue, sagt sie, ruft sie die Polizei.

Ich gehe heim. Du bist unter dem Dach. Ich mache mir Sorgen um dich. Da oben gibt es keinen Fußboden, und du sitzt mit deinen heftigen Gefühlen bloß auf dünnem Holz. Bestimmt siehst du dir den Baum durch die dicken, stark vergrößernden Linsen des Fernglases an, mit dem ich als Kind gespielt habe; in deinem Kopf erscheint der Baum in Großaufnahme, lautlos da, aber unerreichbar, in Bewegung wie ein Super-8-Film. Ich kenne dich, du gibst nie nach; es ist zwecklos, dich herunterzurufen. Aber du hast mir von dem griechischen Salat was übrig gelassen, er steht in der Küche auf einem Teller, mit einem anderen Teller abgedeckt, daneben eine Gabel. Ich setze mich auf die Couch vor das aufgerissene Laminat, und beim Essen fällt mir die Geschichte von dem alten Ehepaar ein, das in zwei Bäume verwandelt wird; sie lassen die Fremden, die bei ihnen anklopfen, ins Haus herein und stellen fest, dass Götter zu Besuch gekommen sind, und ihr Wunsch wird ihnen erfüllt. Ich sehe bei den Büchern nach, bis ich das gesuchte finde, die Geschichte über das alte Paar steht da aber nicht drin. Ich finde die eine über den trauernden jungen Burschen, der zu einem Baum wird; die über das eifersüchtige Mädchen, das unabsichtlich den Tod seiner Rivalin verursacht und in einen Strauch verwandelt wird; die über den Jungen, der im Freien so schöne Musik spielt, dass die Bäume und Büsche ihre Wurzeln aus der Erde ziehen und näher heranrücken, ein schattiges Plätzchen bilden, auf dem er spielen kann; ich finde die über den Gott, der sich in das Mädchen verliebt, das ihn nicht haben will, ohne ihn glücklich ist und sich, als er ihr nachstellt, als außergewöhnlich schnelle Läuferin entpuppt und eine so gute Jägerin ist, dass sie ihm fast entwischt. Aber da er ein Gott ist und sie eine Sterbliche, kann sie es nicht, und als sie merkt, dass ihre Kräfte schwinden und er sie einholen und haben wird, fleht sie ihren Vater, den Fluss, um Hilfe an. Er hilft ihr, indem er sie in einen Baum verwandelt. Urplötzlich wurzeln ihre Füße in der Erde. Ihr Bauch wird hart wie Borke. Ihr Mund verschließt sich, ihr Gesicht vermoost, ihre Augen verschwinden hinter Flechten. Aus den über den Kopf gehobenen Armen sprießen frische Triebe, und ihre Finger bilden Hunderte von Blättern aus.

Ich mache ein Eselsohr in diese Seite. Lege mir für morgen die Sachen für die Arbeit zurecht und rufe zu dir hinauf, sage dir wie üblich, dass ich jetzt ins Bett gehe und dass ich, wenn du nicht sofort herunterkommst, damit ich das Licht ausmachen und schlafen kann, dich verlassen werde.

Als wir im Bett liegen, reiche ich dir das Buch, bei der Geschichte aufgeschlagen. Du liest sie. Siehst erfreut aus. Liest sie noch einmal, über mich gebeugt, damit du Licht hast. Ich lese über deine Schulter hinweg meine Lieblingsstelle, die über die Schönheit dieses Baums und über den Gott, der sich, machtlos, mit seinen Ästen schmückt. Du knickst das Eselsohr noch mal um, klappst das Buch zu und legst es auf die Kommode. Ich mache das Licht aus.

Kaum glaubst du, ich schlafe, denn ich atme gleichmäßig, um es dich glauben zu machen, stehst du auf. Nachdem die Tür sacht zugegangen ist, schlüpfe ich aus dem Bett und in meine Sachen und gehe auch hinunter und hinten zur Tür hinaus. In dieser ersten Nacht denke ich, ich hätte lieber eine dickere Jacke anziehen sollen; in Zukunft weiß ich das.

Als ich zu dem Haus mit dem Baum komme, sehe ich dich dort im Dunkeln darunter. Du liegst auf dem Rücken auf der Erde. Es sieht aus, als schliefest du.

Ich lege mich zu dir unter den Baum.

# Paradies

Die guten Bürger der Stadt schlafen in ihren Betten. Die bösen Bürger der Stadt schlafen in ihren Betten. Die Touristen schlafen in den Betten der Frühstückspensionen, die sich in den größeren Häusern der Stadt befinden, in den feineren Straßen mit ihrem Geruch nach hohen Tannenhecken, Durchschnittspreis pro Person und Nacht zwischen 20 £ und 30 £, höher für Zimmer mit Bad, noch höher in Gasthäusern, ein ganzes Stück höher in einem Hotel. Draußen an der leeren Straße zu dem Loch, in dessen Bett das Ungeheuer tief und fest schläft, zeigen sich die Hügel und der Himmel langsam wieder kopfunter auf dem Wasser. Es ist halb drei Uhr morgens, und es ist hell.

Nicht dass das Licht je ganz wegginge; zwischen elf und zwei in der Nacht senkt sich der schmale blaue Streifen, der im Mittsommer Dunkelheit bedeutet, nicht mal bis auf einen der von der Stadt sichtbaren Horizonte, und das ist für Touristen jetzt das Himmelreich, Maul- und Klauenseuche hin oder her, das ist der Ort, von dem es in den Zeitungen später heißen wird, es sei die umsatzstärkste Touristenattraktion Großbritanniens, wegen der prachtvollen Landschaft, der Herzlichkeit der Einwohner, der sauberen Luft und wegen dieses besonderen Lichts mitten in der Nacht, das, irdisch und unheimlich zugleich, umherstreift, wie nur Licht es kann, als Riese mit großen Tatzen unaufhaltsam über die Felder steigt, die einspurigen Straßen und die desinfizierten abgesperrten Wälder; unaufhaltsam auch über den Baum weit vor der Stadt hinweg, der den meisten Touristen unbekannt ist und den auch kaum jemand findet, der Baum bei der Quelle an einer Nebenstraße, dessen Äste, Stamm und Wurzeln (wie meterweit in seiner Umgebung alle Äste der Gehölze an der Straße) behängt sind mit Fetzen von Hemden, Jacken, Unterwäsche, Röcken, Vorhängen, allem, was sich zerreißen lässt, mit Socken, Hüten, Handtüchern, Schals, Dingen, dort deponiert von Leuten, die glauben, die Chance auf Erfüllung ihrer Wünsche steige, wenn sie etwas zerreißen, was ihnen lieb ist und was sie selbst getragen haben oder jemand, den sie lieben, und was sie hierherbringen und an einen Baum hängen.

Die Wälder sind verlassen. Es ist niemand auf der Straße. Die Lumpen schaukeln sacht, wie furchteinflößende Blätter.

Über den Äckern, jenseits des Meeresarms und bis in die Stadt nichts als das Gelärm erwachter Vögel. Am oberen Ende der umzwitscherten High Street, in dem von der Polizei dort aufgestellten Schutzraum aus Beton, der, wird er von innen verriegelt, von außen nicht geöffnet werden kann, hat der Junge, der zusammengerollt auf dem Boden liegt, weil drei ihm unbekannte Männer ihn auf die Straße verfolgten, als der Klub zumachte, ihm zu dritt auf den spätabendlichen Gehwegen, am Parkhaus und den nächtlich-nichtssagenden Geschäften vorbei bis durch die Fußgängerzone nachsetzten, sie würden ihn totschlagen brüllten, tot!, zuletzt rund um den Schutzraum standen, an die Tür traten, mit Fäusten dagegenhämmerten, Flaschen, wie es sich anhörte, darauf zerschlugen, wonach es erst still wurde und dann das Lärmen der Vögel anfing, schließlich zu zittern aufgehört und in den Schlaf gefunden. In dem Schutzraum ist es immer hell. Das Licht darin ist zerstörungssicher. An der Wand sind ein Bildschirm und eine Taste für audio/visuelle Kommunikation mit einer Leitstelle der Polizei, und der Junge, der sich hütet, so eine Taste zu drücken, schläft unterhalb des Bildschirms, an die Mauer des Schutzraums gekauert, den Arm über den Augen.

Auf dem Gehweg vor der Tür des Betonkastens schimmern die Glasscherben. Hoch über der Stadt fliegen frühmorgendliche Seemöwen mit schimmernden weißen Bäuchen durch den Himmel, die Hausdächer und Kirchtürme schimmern, und unten schimmert der schwarze Fluss; es ist noch nicht drei Uhr morgens und schon taghell in der Stadt mit den neuen Supermärkten an der Peripherie, die sich in die Kurve zwischen der Brücke von Süd nach Nord und dem Krankenhaus und dem Friedhof schmiegt, wo, wie man sich erzählt, eines Samstags vor Jahren einmal zwei Männer vor Grabsteinen saßen und sich betranken und sich, als ihnen der Schnaps gerade ausgegangen war, praktischerweise eine Tür am Berghang auftat und sie, als sie hineingingen, in einen Raum mit hohen Decken aus gestampfter Erde gelangten, mit Fackeln aus Torf, in die Wände gesteckt als Beleuchung, und mit riesigen Fässern Whisky und Bier, das alles für umsonst, so dass sie sich prächtig amüsierten, die ganze Nacht mit den ausgelassenen, gut gekleideten jungen Fremden zechten, die mit ihren Gläsern und Krügen anstießen, und sehr zufrieden mit sich waren, weil sie einen neuen Pub und so tolle neue Freunde gefunden hatten, bis das große Tor aus Torf urplötzlich und ohne Vorwarnung wieder aufflog und der Berg sie, nüchtern geworden, ins Morgenlicht ausspie und sie sich, da es Sonntag war, in die Stadt aufmachten, zum Gottesdienst. Aber die Stadt war verändert, war neu, nicht wiederzuerkennen, und als sie in der Kirche angelangt waren und zusammen durch das Kirchenschiff gingen, vorbei an den Bänken, voll besetzt mit Fremden, alles gute Bürger der Stadt, die die ganze Nacht in ihren Betten geschlafen hatten, begab es sich, dass die beiden Männer vom Kopf abwärts zerbröselten, bis nichts mehr von ihnen übrig war als zwei glimmende Aschehäufchen am Boden der Kirche, und das war ihnen eine Lehre, dass man am Samstagabend, so kurz vor dem Sonntag, nicht trank und erst recht nicht auf einem Friedhof.

Jetzt, im einundzwanzigsten Jahrhundert, sind die viktorianischen und edwardianischen Engel unter dem säuselnden Sommerlaub der winterharten Gewächse auf dem Friedhof dieser presbyterianischen Stadt mit Schrotdellen gesprenkelt. Manchen hat es den halben Flügel weggerissen oder gleich ganz abgebrochen; das Gras ist mit steinernen Flügelbröckchen übersät. Leere Patronenhülsen liegen vor den neckisch hervorblitzenden nackten Zehen des einen Engels, noch mehr Hülsen im Gras vor dem Sockel, auf dem ein zweiter Engel sitzt, einen Kelch in der Hand und die Nase weggeschossen. Den einen oder anderen Engel hat es direkt im Auge oder mitten auf der Stirn erwischt.

Zum Glück für die Firma war es Kimberley McKinlay, die als Schichtleiterin Nachtdienst hatte, als sie mit den vors Gesicht gezogenen Mützen mit den Gucklöchern reinkamen. Die Überwachungskamera hat alles aufgezeichnet: Der ganz vorn hat die Heckenschere, der in der Mitte die Säge, und der hinter dem hat das laubsaugerartige Ding mit dem Kabel und dem Stecker, die hinter ihm herunterhängen und die man später noch mal deutlicher sieht, als sie durch die Luft fliegen, während er mit dem rohrartigen Teil vor Rod herumfuchtelt, der heute Abend als Security Dienst hat, obwohl man sich schon fragt, was zum Teufel der damit hier wollte, mit einem Laubbläser, man fasst es nicht! Aber es ist definitives Drohverhalten, vor allem seitens des einen mit der Schere, der gleich an die Theke kam, drübersprang und auf Michael Cardie losging, der für Kundenservice eingeteilt war, und ihn an die Wand drückte, die offenen Scherblätter am Hals.

Möchten Sie Pommes dazu?, fragte Michael Cardie noch, vermutlich vor Nervosität, als er an die Wand gedrückt war. Hinterher war Michael Cardie blass und zitterte. Kimberley hat ihn vor Schichtende nach Hause geschickt. Nach dem Abend wird er bestimmt wochenlang im Krankenhaus wegen posttraumatischer Belastungsstörung behandelt. Und sie selbst kriegt vielleicht eine Medaille. Wird in den Order of British Empire aufgenommen. Oder von der Boston Consulting Group ausgezeichnet. Oder von BBC Digital. Doch nein, denn eines Tages steht sie zu Neujahr wirklich auf der Liste der für ihre Verdienste um die Menschheit Geehrten, wenn sie sechzig ist vielleicht, und sie kommt mit Bild in die Highland News, und alle erfahren es, weil dann in der Zeitung steht, dass es so etwas vor Jahren, als sie noch nicht die war, die sie in ihrem Leben werden sollte, und in der Burgerfiliale im Tesco Village gearbeitet hat, in ihrer Schicht nicht gegeben hätte, auf die Blechplatten um den Grill spucken und in den Mayonnaise-Eimer wichsen, ausgeschlossen, und wenn in dieser Nacht der Nichtsnutz Kenny Paton Schichtleiter gewesen wäre, dann wäre die Sache anders ausgegangen, aber davon mal abgesehen, wer wollte dort überhaupt etwas essen, wenn der Dienst hatte und die Jungs von der Nachtschicht vor Langeweile alle bloß Blödsinn anstellten, weil Kenny Paton meint, die Welt schulde ihm was, und nicht dafür sorgt, dass irgendetwas ordentlich gemacht wird.

Kimberley McKinlay macht es sich sogar zum Prinzip,

den alten Mayonnaise-Eimer zu entsorgen, ganz gleich, wer die Schicht vor ihrer geleitet hat, ob Kenny Paton oder nicht. Es ist keine richtige Mayonnaise. Es sind bloß Sachen drin, die auch in Mayonnaise sind, außerdem Konservierungsstoffe und ein Zuckerersatzstoff. Das lässt sich leichter in Tuben abfüllen und verteilen als richtige Mayonnaise. Es bleibt nicht am Kochgerät kleben. Lässt sich leichter entfernen. Kimberley beginnt jede Schicht mit demselben Ritual: Sie entsorgt den alten Eimer draußen in die Behältnisse für das Altfett und nimmt den Deckel eines neuen Eimers aus dem Lager herunter. So hat sie absolute Sicherheit. Sie hat schon früher einmal daran gedacht, Kenny Paton zu melden, aber da sie keine Petze ist, kann so eine Meldung nicht von ihr kommen. Schlimmste Schichtleiterin, sie wird das nicht sein. Das ist er. Wer an Tagen, an denen er Dienst hat, um halb zwei in der Nacht Kohldampf kriegt, sollte seinen Wagen lieber in der Garage lassen und zu Hause bleiben und, wenn er Hunger hat, ein paar Scheiben Toast essen; es sollte eine Nummer geben, bei der man erfragen kann, ob er gerade Dienst hat, damit man sich die Mühe sparen kann und nicht die blöde Straße zum Tesco Village rauszufahren braucht, bloß um dann ahnungslos Wichse zu essen, das ist Kimberleys Meinung, als sie sich morgens um halb acht auf den Heimweg macht, nach der im Neonlicht auf Arbeit verbrachten Nacht in ihrem Auto ins helle Tageslicht blinzelt; man weiß nie, wie es draußen ist, weil es keine Fenster gibt. Ob es regnet oder schneit oder ob Schafe und Schweine vom Himmel fallen, das merkt man erst, wenn man nach der Arbeit rauskommt und sie überall auf dem Auto liegen; aber heute ist ein wunderschöner Sommermorgen, die Karre springt sofort an, als sie den Schlüssel in der

Zündung dreht, es wird noch heiß, das wird ein herrlicher Tag, und sie wird ihn verschlafen, tja, so ist das Leben, man muss ja arbeiten, nicht wahr.

Das Gehalt für Schichtleiter beträgt 420 £ pro Woche brutto und ist steigerungsfähig. Es ist keine schwere Arbeit. Viele sind es nicht, die mitten in der Nacht Fastfood essen wollen, das ist im Süden, könnte Kimberley sich denken, bestimmt anders, denn da gibt es mehr dämliche Leute, die nicht wissen, was sie mit ihrer Zeit und ihrem Geld anfangen sollen und was sie ihrer Verdauung antun. Sie würde es jedenfalls nicht wollen, das weiß sie. Ab und zu kommt mal ein Verrückter, aber so viele Verrückte gibt es Gott sei Dank nicht, die Autos haben oder den weiten Weg zum Tesco Village zu Fuß gehen. Es kommen die Traurigen und die Einsamen. Und die muss man zu nehmen wissen. Im Winter muss man zwar ständig die Junkies von den Toiletten verscheuchen, aber von denen kommen im Sommer viel weniger. Es kommen Betrunkene und laute Vierzehnjährige, die eigentlich im Bett sein sollten, es kommen Paare, die entweder knutschen oder sich streiten, und die Callgirls treffen die Männer, durch die sie auf dem Tesco-Parkplatz ihr Geld verdienen. Es kommen Homosexuelle, die sonst nicht wissen wohin. Kimberley schmeißt sie immer raus. Es kommen gelangweilte Taxifahrer. Vielleicht heiratet sie eines Tages mal einen Taxifahrer, mit einem Mann, der so einen Job macht, hat man seine Ruhe. In den drei Nächten, die er geöffnet hat, kommen Leute aus dem Supermarkt. Sehr selten kommt morgens um vier einmal eine Familie mit Kindern und bestellt alles, was auf der Frühstückskarte steht. Meist ist der Laden aber tot. Andrang herrscht immer nur kurz, wenn die Filme im Kino aus sind und wenn Leute aus den Pubs kommen, die sich überhaupt nicht ans Steuer setzen sollten; danach ist stundenlang nichts los.

Zu tun gibt es allerdings immer etwas, es muss geputzt werden, also wird geputzt, denn als Kimberley hier in der Nachtschicht anfing, machte sie ihre Runde, ging vom Lager zur Küche, zum Esswarenbereich, zum Kassenbereich und raus in den Kundenbereich, wischte dann die Sitzgelegenheiten ab, vor allem die schwierigen Höhlungen im Plastik, wo das Essen an den Sitzen klebt, die wie die Höcker und der Kopf des Ungeheuers geformt sind, sie kratzte es an ihrem ersten Abend von den Augen und den Schwanzstacheln des Ungeheuers ab; zum Glück, wenn man es genau nimmt, haben sie diese Ungeheuer-Sitze, denn sonst unterscheiden sich die Burger-Läden landauf, landab überhaupt nicht. Der damalige Schichtleiter, er hieß Tony und ist heute ein hohes Tier in der Zentrale in London, bemerkte ihre Initiative und auch, dass sie sich um die beleuchteten Glaskästen unter der Decke kümmerte, die dauernd mit Fettspritzern und toten kleinen Insekten und mit Fusseln und Grus bedeckt sind, es liegt an der Klimaanlage, dass alles da rauffliegt, aber Kimberley macht sie trotzdem gern sauber, das ist sehr befriedigend, und deshalb wurde sie befördert und bekam seinen Job, eine der ersten Frauen, die für die Firma eine Nachtschicht leiten, sie probieren es mit ihr, vielleicht bekommt sie nach diesem Vorfall genau wie Tony sogar eine bessere Stelle, obwohl in der Firma niemand davon erfahren wird, sie erzählt es keinem, und da runterziehen kommt für sie sowieso nicht in Frage, um nichts in der Welt, es müsste schon eine bessere Stelle hier oben sein.

Lass ihn los, brüllte Kimberley McKinlay den mit der Heckenschere an, als sie aus dem Lager gefegt kam, um nachzusehen, was da vorn vorging, und hat beim Rennen offenbar gebrüllt wie ein Löwe vor Wut, sie erinnert sich kaum, der Junge, Dallas, hat ihr später berichtet, sie hätte gerufen, die Klingen wären doch schmutzig, damit müsste er raus aus dem Esswarenbereich, und wenn er den Anstrich an der Wand beschädigte, müsste er dafür geradestehen, und Michael Cardie könnte Wundstarrkrampf kriegen, wenn er ihn mit rostigen Klingen verletzte. Man stelle sich vor: Sie kommt angerannt und brüllt wie ein Löwe. Als Kind hat Kimberley mal Löwen im Zirkus im Bught Park gesehen, das weiß sie noch, die haben einer dem anderem mit den Tatzen kleine Hiebe verpasst in der durchsichtigen Röhre, die zu Füßen der Zuschauer rings um die Manege verlief. Kimberley hat auf der langen geraden Strecke in die Stadt beide Sonnenblenden heruntergeklappt, schirmt mit der linken Hand die Augen ab und spürt, dass sie ein finsteres Gesicht zieht; sie ist jung, sie fährt so schnell, wie ihr Auto kann, ist zu allem bereit und kann ernstlich böse werden. Was, überlegt sie, wenn Autos auf sie zukommen und an ihr vorbeifahren und sie die Fremden darin für den Moment sieht, den es dauert, dass zwei Autos auf einer Straße aneinander vorbeischießen, so schnell, dass man ein Gesicht bestenfalls erahnt, würden die Leute in diesen Autos wohl denken, wenn sie das wüssten, und findet es zugleich ganz angenehm, dass sie es nie erfahren.

Sie kamen rein, um den Laden auszurauben, und sie stand offenbar direkt vor dem Kassenbereich und hatte die Arme verschränkt (daran erinnert sie sich nicht). Sie wollten das Geld. Die Einnahmen bekommt ihr hier nicht, sagte sie, ihr bekommt hier nur etwas von der Karte und bezahlt vorher auch dafür. Und ich sage es euch zum letzten Mal, schafft die Gartengeräte raus, da könnten E.coli-Bakterien drauf sein,

Gartengeräte sind hier im Restaurant nicht erlaubt, wenn ihr etwas zu essen wollt, müsst ihr sie draußen vor der Tür lassen.

Sie hatten sich die Wollmützen mit den Löchern für die Augen übers Gesicht gezogen, damit niemand sie erkannte, aber als Kimberley das sagte, musste einer unter seiner Wolle lachen, als könne er es sich nicht verkneifen, es war der mit der Säge, und als er einen Arm an seinem Körper fallen ließ, fiel ihr sein anderer Arm auf, an dessen Ende eine falsche Hand dran war, eine künstliche Hand, und da erkannte sie ihn, es war Jason Robertson aus Kinmylies, der seinen Arm bei einem Motorradunfall verloren und davon außerdem Narben im Gesicht zurückbehalten hatte, sie kannte ihn von vor fünf Jahren aus der Schule, nach dem Unfall kannten ihn alle. Bist du nicht Jason Robertson?, sagte sie, und der mit der Heckenschere fluchte, und der Dritte, der mit dem Laubbläser an der Tür stand, warf den Laubbläser hin und sagte, ich hab's dir gesagt, zieh deine Scheißjacke drüber. Einer der anderen war dann ja wohl Rich Riach, denn er und Jason Robertson lungerten immer zusammen herum, und der mit der Heckenschere kam Kimberley tatsächlich bekannt vor, sie hatte recht, das unter der Mütze mit den Löchern drin war er, aber wer der Dritte an der Tür war, wusste sie immer noch nicht, sie sprachen ihn mit Kevin an oder vielleicht mit Gavin. Rich, das weiß sie noch, hieß in Wirklichkeit nicht Rich, in Wirklichkeit war er Gordon Riach aus den Häusern auf der anderen Seite des Kanals. Damals war er gut im Fußball gewesen. Er drückte Michael Cardie immer noch mit der Heckenschere in einer Hand an die Wand; mit der anderen hatte er sich die Mütze halb hochgezogen, bis über die Nase, und angelte sich mit den Lippen eine Zigarette aus einem Päckchen.

Rauchen ist hier nicht erlaubt, du, sagte Kimberley.

Rich Riach fiel die Zigarette aus dem Mund, als er ihn aufmachte und sie beschimpfte. Dann konnte er nicht Michael Cardie an die Wand drücken und die fallengelassene Zigarette aufheben. Jason Robertson sah Kimberley an. Sie sah seine Augen durch die Löcher in der Wolle.

Ich bin nicht Jason Robertson, sagte er.

Ich kenn dich aus der Schule, sagte Kimberley und sah, dass sein Blick auf ihr Namensschildchen fiel.

Kimberley McKinlay, sagte er.

Ich war nicht in deiner Klasse, sagte sie, du wirst dich nicht an mich erinnern.

Ich bin nicht Jason Robertson, sagte er noch einmal.

Die Security ist im Anmarsch, Jase, sagte der eine, der Kevin oder Gavin hieß.

Kimberley McKinlay hob die Augenbrauen, Jason Robertson verdrehte die Augen. Kevin oder Gavin stellte sich hinter die Tür, den Laubbläser über den Kopf erhoben, als wolle er jedem, der hereinkam, damit eins überziehen.

Der Mann von der Security heißt Rod, sagte Kimberley zu Jason Robertson. Er ist Ende fünfzig. Seine Frau ist nicht gesund. Außerdem wirst du von der Überwachungskamera aufgenommen.

Jason Robertsons Augen tief unter der stümperhaft ausgeschnittenen Wolle waren wie Augen ohne Gesicht.

Wir haben die Nummernschilder mit braunem Packband abgeklebt, sagte er. Vorn und hinten. So finden die uns nicht.

Er wollte sagen, falls sie niemandem verriet, wer sie waren.

Sag dem da, er soll die Heckenschere vom Hals meines Angestellten nehmen, sagte Kimberley. Sah ihm direkt in die Augen. Mit festem Blick.

Man stelle sich vor, eine Hand zu haben, die nicht die eigene ist, eine Hand, die keine Hand ist. Man stelle sich vor, nicht die Hand zu haben, mit der man geboren wurde. Kimberley, die jetzt von der Arbeit nach Hause fährt, sieht sich an, wie ihre Hand in einen anderen Gang schaltet. Das ist eine ganz natürliche Handbewegung, Schalten. Man tut es, ohne richtig darauf zu achten. Ihre Hand ist schön manikürt. Inzwischen ist es die Hand einer Schichtleiterin. Sie wendet sie um, die Handfläche nach oben, sieht kurz auf sie hinab und dann wieder auf die Straße vor sich. Diesen Teil von sich hätte sie eingebüßt, wenn sie er wäre. Sie weiß, wo bei ihr Herzlinie, Kopflinie und Lebenslinie sind. Die Rechte ist die Hand der Ausführung dessen, was man wirklich aus seinem Leben macht, die Linke ist die Hand der Potenziale, der Anlagen, die man bei der Geburt mitbekommen hat, wie sie aus Büchern weiß. Man stelle sich vor, keine Handlinien mehr zu haben, sie irgendwo zurückzulassen wie ein Fuchs oder ein Hase, der eine Pfote in einer Falle zurücklässt. Nein, viel schlimmer als eine Falle. Er wird in voller Fahrt vom Motorrad gestürzt und auf dem Boden gelandet sein oder wo immer er gelandet ist, und das mit einem Tempo, bei dem es ihm gleich den ganzen Arm abgerissen hat, und hat es wegen des Adrenalins womöglich nicht mal gespürt, ist ins Krankenhaus gebracht worden, ohne es zu wissen. Oder aber der Arm war so stark verbrannt, dass sie ihn später abnehmen mussten. Kimberley weiß es nicht genau. Sie weiß, er war mit dem Motorrad unterwegs, und ein Auto oder so kam um die Ecke, er machte einen Schlenker, um dem Auto auszuweichen, fuhr mit dem Motorrad auf irgendetwas drauf, und das Motorrad ging in Flammen auf, und im Krankenhaus mussten sie ihm das Gesicht operieren. Sie erinnert sich nicht mehr, wie er vorher ausgesehen hat. Er war ein Junge aus der Schule mit hellem Haar. Danach ist er von der Schule abgegangen. Sie war mal in einem Pub, in dem er auch war, hinterher. Sie hatte nicht zu ihm hingesehen, und als sie wieder zu Hause war und ins Bett ging, hatte sie sich im Dunkeln für sich geschämt, weil sie es nicht getan hatte.

Sie blinkt links, obwohl niemand vor oder hinter ihr ist.

Dann kam Rod, der Mann von der Security, herein. Er stand mitten im Raum und starrte die Jungs mit den Löchern in den Mützen an, als sei er gerade erst aufgestanden. Er sah zu alt aus. Das lag an den Farben in dem Laden.

Kimberley versicherte ihm, es gäbe keine Probleme.

Ich hab da was auf den Monitoren gesehen, sagte er. Er sprach nur mit Kimberley. Wozu haben die die Dinger auf dem Kopf?, sagte er.

Kimberley zuckte die Achseln. Fragen Sie mich nicht.

Modische Ansage, sagte Jason Robertson.

Die wollen mir ihre alten Gartengerätschaften verkaufen, sagte sie. Sie gehen gleich wieder. Michael macht ihnen bloß noch ihre Bestellung fertig. Michael?

Michael hat sich auf den Boden übergeben, sagte Dallas.

Dallas, hol den Schrubber und wisch das weg, sagte Kimberley. Sie ging hinter die zweite Kasse und tippte ihre Kodenummer ein. Die Kasse leuchtete auf. Was wolltet ihr gleich, Jungs?, sagte sie, und alle drei wandten sich um und blickten mit in den Nacken gelegten Köpfen, die Wollmützen immer noch auf, auf die Menütafeln über ihr.

Kimberley, die gut rückwärts einparken kann, setzt den Wagen einwandfrei in eine schmale Parklücke und schaltet den Motor aus. Lässt sich auf den Sitz zurücksinken. Schaut zur Fassade des Hauses hinauf, in dem sie wohnt. Da drin schlafen ihre Schwestern, eine an der Rückseite, eine vorn. Die Vorhänge könnten auch mal wieder gewaschen werden; das wird sie heute Abend auf alle Fälle machen, bevor sie wieder zur Arbeit fährt. Sie legt den Kopf aufs Lenkrad.

Setzt euch, sagte sie zu den dreien, als sie ihre Bestellung aufgenommen hatte, ich bring's euch rüber.

Rich Riach zog sich die Mütze endlich doch vom Gesicht, und der andere nahm seine auch ab, sie schwitzten unter der Wolle und waren ganz rot; der andere hatte Flusen um die Nase. Sie kannte ihn definitiv nicht. Es war ulkig, Rich Riach wiederzusehen, der so viel älter aussah. An ihn erinnerte sie sich. Jason Robertson behielt seine Mütze auf. Er blieb am Tresen stehen, um ihr beim Tragen zu helfen. Rich ist arm, erfuhr sie von Jason Robertson. Rich hat Schulden und wollte von dem Geld mit seiner Frau in Urlaub fahren, denn die glaubt ihm nicht mehr, dass er sie liebt, seit sie weiß, dass er eine Affäre mit einer Barkellnerin im Lochardil Hotel hatte. Der namens Kevin oder Gavin ist arbeitslos, früher hat er auf der Bohrinsel gearbeitet; er wollte mit dem Geld eine Operation bezahlen und sich die Ohren anlegen lassen, er findet, dass sie zu sehr abstehen und dass ihm das sein bisheriges Leben versaut hat, obwohl Kimberley ihn sich angesehen hat und an seinen Ohren nichts verkehrt finden konnte, vielleicht standen sie ja etwas ab, aber nicht viel. Er sah richtig glücklich aus, als Rod ihm den Laubbläser für fünfzehn Pfund abkaufte, bevor er wieder in den Überwachungsraum zurückging, obwohl fünfzehn Pfund das Kraut nicht fett machen, die Operation, erfuhr sie von Jason, kostet ein Vermögen, wenn er sie privat machen lassen will. Kimberley fragte Jason Robertson, was er wolle. Ich? Nichts, sagte er, ich kann diesen Fraß nicht ausstehen. Kimberley lachte.

Sind die Überwachungskameras rund um die Uhr an?, fragte Jason Robertson.

Er erzählte ihr, sie seien an die Baupläne gekommen, die das Unternehmen für seine Burger-Läden verwendete, es seien überall dieselben, egal wo im Land. Oben am Tresen bat er sie, ihm zu sagen, wo im Gebäude der Safe eingebaut war, damit sie beim nächsten Laden, den sie sich vornahmen, genau wussten, wohin sie gehen mussten. Im Lager, sagte sie und zeigte es ihm mit den Augen.

Kimberley McKinlay wiederum möchte ein neues Auto. Sie möchte nicht jeden Monat so viel Geld für diese sinnlose Karre ausgeben, die nur bei trockenem Wetter anspringt. So was kann man nicht gebrauchen. Sie möchte einmal in Urlaub fahren. Möchte eine Weile in der Sonne sein. Sie möchte schlafen können, wenn es dunkel ist, wenigstens einmal. Sie möchte nicht wissen müssen, dass Essensteile im Kreislauf der Klimaanlage sind. Sie möchte die letzten vier Jahre zurück. Sie möchte diejenige sein, die diesen September ans College geht und Medienwissenschaften studiert, was immer das eigentlich sein soll. Sie möchte noch mal zwölf sein und über nichts nachzudenken brauchen, möchte zwölf sein und an einem Sommertag wie heute in einen Burger-Laden gehen, sich etwas bestellen und es an einem Tisch essen, und sie möchte, dass jemand auf ist, wenn sie gleich aus dem Auto aussteigt und ins Haus geht, möchte, dass jemand das Bett gemacht hat, in das sie sich nun wieder legt, es wird noch genauso sein, wie es war, als sie gestern Nachmittag daraus aufgestanden ist. Sie möchte, was alle wollen, aber vor allem anderen möchte sie, es soll klar sein, und zwar ohne dass das peinliche Aussprechen immer an ihr hängenbleibt, dass in ihrer Schicht nicht auf den Grill gespuckt und nicht in die Mayonnaise gewichst wird wie bei anderen in der Schicht, und dass man Kimberley McKinlay nicht blöd kommt, merkt euch das.

Sie zog das Geld für das Essen von Rods fünfzehn Pfund ab, gab das Wechselgeld heraus, und die drei gingen. Dann schickte sie Michael Cardie mit dem Taxi nach Hause.

Du warst erstaunlich, sagte Dallas. Du kamst wie aus dem Nichts, hast gebrüllt wie ein Löwe, berichtete er ihr. Hast was geschrien von wegen weg mit diesen dreckigen Klingen aus meinem Lebensmittelbereich, und Gartengeräte sind in diesem Restaurant nicht erlaubt, und wehe, wenn du nur einen Kratzer an meiner Wandfarbe machst, und Michael Cardie kann davon Wundstarrkrampf kriegen, und wenn du einen meiner Angestellten verletzt. Mann, das war ein Bild.

Jetzt sag ich dir mal was, brüllte Kimberley McKinlay letzte Nacht in der Spätschicht wie ein Löwe in dem Burger-Restaurant im Tesco Village, sperr die Ohren auf, brüllte sie. Wenn du nur einen einzigen meiner Angestellten auch nur anstupst, ihn gar anniest und auch nur mit einem einzigen Keim ansteckst, kannst du dich auf was gefasst machen, egal, wer du bist, und das ist mein voller Ernst, du Loser.

Sie zieht den Zündschlüssel ab, öffnet die Tür, und schon brennt ihr die heiße Sonne auf den Rücken. Sie kennt diesen Dallas im Grunde gar nicht; er arbeitet sonst in Patons Schicht. Sie mag ihn. Er ist ein guter Arbeiter. Sie wird den Abteilungsleiter fragen, ob sie ihn für ihre Schicht haben kann, und wenn sie es geschickt anstellt, bekommt sie ihren Willen vielleicht.

Den ganzen Weg bis zur Haustür behält sie eine Hand auf dem Rücken und wirft mit der anderen den Autoschlüssel in die Luft, fängt ihn einhändig wieder auf.

Es ist ein herrlicher Tag, und Gemma, die Aushilfe auf dem Fährschiff, hängt die ganze Stunde, die sie am längsten Sonnentag des Jahres vor der Rückfahrt Aufenthalt haben, hier unten fest wegen vier Kartons mit Kartoffelchips und einem halben Regal mit Whisky-Miniaturen, die sie vor zwei Idioten bewachen muss.

Es ist heute so heiß, dass der Bodenbelag unter ihren Füßen trocken ist. Hier unten ist es nie trocken. Nie derartig heiß. An so einem Tag könnte man glatt einen Sonnenstich kriegen, und das verpasst sie nun. Stimmt schon, die Landschaft wird heute faszinierend sein. Sie hat sie ja zu lieben. Das tut sie auch. Sie wäre keine Schottin, wenn sie's nicht täte. Sie hat stolz darauf zu sein. Sie wäre keine Schottin, wenn sie's nicht wäre. Die werden alles filmen. Sie wären keine Idioten, wenn sie's nicht täten. Werden Fotos machen, sich selbst beim Davorstehen knipsen. Sie wüssten vielleicht gar nicht, dass sie leben, wenn sie's nicht täten; wenn sie sich nicht durch eine Kamera ansähen, wo sie gerade sind, würde das vielleicht bedeuten, dass sie tot sind oder verloren oder irgendwie nackt. Sie filmen das Wasser vor sich und hoffen, irgendetwas steigt daraus auf, und sie sind diejenigen, die das auf Band festgehalten haben. Beugen sich übers Geländer und filmen, wie die Oberfläche des Wassers vom Schiff zerteilt wird. Die filmen jeden Mist. Filmen Autos, die die Straße am Loch entlangfahren. Filmen die Bäume zu beiden Seiten des Loch. Besonders gern filmen sie das Tamtam beim Durchfahren der Schleusen. Das Schloss filmen sie immer, es ist eine Kulturerbestätte, und sie filmen, wenn die Schiffe der anderen Gesellschaften vorbeifahren, voll besetzt mit anderen Idioten, die sie zurückfilmen. Mindestens ein Idiot ist immer an Bord, der sogar sie filmen will, und noch viel mehr sind es an Regentagen, da quetschen sie sich alle unten rein, bibbern in ihren zugezogenen Regenjacken, ihnen ist schlecht von den Schiffsbewegungen, und sie sitzen da und filmen den Regen auf den Fenstern und sie, wenn sie wie jetzt hinter dem Tresen steht.

Heute jedoch waren sämtliche einhundertneununddreißig zugelassenen Passagiere (bis auf zwei: die Frau, die in einem fort auf Deutsch über ihr Kopfweh klagt, und ein Mädchen, das nicht von hier ist und ein Buch liest) während der Hinfahrt oben an Deck, außer wenn sie hier unten anstanden. Benommen von der Sonne, kamen sie ins Dunkle, mussten sich an den Wänden festhalten, um sich zu orientieren, stießen blind an die im Boden verschraubten Sitzbänke, blinzelten zur Speisekarte hinauf und auf das Geld in ihren Händen hinunter, erzählten sich gegenseitig, was für ein herrlicher Tag es ist, und das ist es auch, sie war nach dem Ablegen so lange wie möglich oben an Deck geblieben, bevor Andy *Guten Morgen, Ladys und Gentlemen, ich bin Andy, Ihr Skipper auf der* Bonnie Prince, *und heiße Sie herzlich an Bord willkommen zu unserer heutigen Fahrt durch den Kaledonischen Kanal und in den Loch Ness, eine der schönsten Wasserstraßen der Welt,* berühmt für ihre Naturschönheiten und Heimat der berühmten Nessie, ja, schon gut, Skipper, nicht mal schwimmen kann er, Gott weiß, was in einem Notfall passieren würde, aber sie schickt er zum Aufmachen runter, immerhin nicht bevor sie wenigstens ein bisschen Sonne abgekriegt hatte und zwanzig Pfund Trinkgeld noch dazu. Sie können es fürs Studium sicher brauchen, sagte die Dame. Es war eine alte Dame, sie starrte auf die Berge, sagte, ihre Familie stamme ursprünglich von hier; wunderschön, sagte sie mit ihrem Akzent und sah dabei ganz verloren und verletzlich aus und drückte ihr das Geld ganz fest in die Hand. Ihr Ehemann hielt seine Sony hoch. Er war auch alt. Zwanzig Pfund dafür, dass sie zu zwei alten Leuten aus Kanada einen Moment freundlich gewesen war. Sie wollte deren Geld nicht. Aber sie wollten es, darum hat sie es genommen, und sie gibt den Idioten immer, was sie wollen. Das gehört zu ihrem Job. Das ist wie bei der Straßenverkehrsordnung, wo Fußgänger immer Vorrang haben. In drei Monaten ist hier sowieso Schluss, dann ist sie weg. Das sind bloß noch zwölf Wochen. Sie ist sogar noch eher weg, in zehneinhalb Wochen, um genau zu sein. So lange ist das nicht. Es ist nicht schlimm, höflich zu sein. Die sind im Urlaub. Denen ist es egal, dass die meisten Fotografien getürkt sind und die berühmteste, auf der es bis zum Hals und zum Nacken aus dem Wasser herauskommt, ein Zeitungstrick ist, mit dem man die Leute schon jahrzehntelang für dumm verkauft.

*Natürlich ist es da drin. Ich? Natürlich. Ich wäre keine Schottin, wenn nicht.*

*Nein, nein, Hunderte von Einheimischen haben es schon gesehen, über die Jahre gerechnet. Und Hunderte in früheren Zeiten, sogar Heilige, und warum sollte ein Heiliger lügen?*

*Na ja, es ist sehr scheu, aber halten Sie die Augen offen, man kann ja nie wissen.*

*Nein, ich selbst noch nicht, aber neuer Tag, neues Glück, hm?*

*Ja, ein sehr geheimnisvoller Ort, aber man kann auch mal Glück haben.*

*Ja, natürlich dürfen Sie, nur zu. Läuft sie schon? Alles klar? Willkommen in den Highlands und auf der* Bonnie Prince, *dem größten Ausflugsschiff der Highland Cruises. Das ist hier Loch Ness, wo das Ungeheuer zu Hause ist, und wir haben heute Donnerstag, den einundzwanzigsten Juni. Genügt das?*

*Gemma. McKinlay. McKinlay. Ja, das ist er; wenn man es genau nimmt, geht er auf die Buchanans zurück, und offenbar sind sie vielleicht der älteste, der erste Clan in der ganzen schottischen Geschichte. Mh, natürlich, ich glaub, ein gelbliches Rot, aber Blau und Grün ist auch mit drin. Ich weiß! Nein, ein Ferienjob. College. Haha, wissen Sie, das gibt es wirklich, ich selber erforsche es zwar nicht, aber es gibt Leute, die sind die ganze Zeit am Erforschen des Sees, und die Erde, wissen Sie, unten am Grund, ganz unten an den tiefsten Stellen, der See ist ja sehr tief, und der Grund da unten ist reich an Nematoden, da gibt es Arten, die sonst nirgends auf der Welt vorkommen, auch nicht in der Geschichte der Nematoden. Äh, woher, das weiß ich auch nicht. En eh em ah te oh de eh en, glaub ich zumindest. Haha, wahrscheinlich. Das stimmt! Alles Gute! Ähm, Gemma. Ge eh doppel em ah. Wie Emma, aber mit einem G davor. Nein, nein, seien Sie nicht verrückt, ich brauche kein ... Oh, sind Sie sicher? Na dann, vielen Dank, das ist furchtbar nett von Ihnen. Danke noch mal. Ach nein. Schönen Urlaub. Bis später. Alles Gute.*

*Natürlich gibt es das. Keine Frage. Es ist ein sehr geheimnisvoller Ort. Man hat, Wissenschaftler haben mit Echoloten tatsächlich Dinge gefunden, die sie nicht einordnen können und so. Mh, die Treppe runter im Unterdeck, eine Auswahl von warmen Snacks und Erfrischungsgetränken, und wir haben auch Alkoholausschank.*

*Also, ich selbst noch nicht. Aber neuer Tag, neues Glück, hm?*

*Ich? Ja, natürlich. Natürlich gibt es das. Nein, ich selbst noch nicht, aber ich weiß, es ist da, und man kann nie wissen, heute könnte genau der Tag dafür sein, es ist doch herrlich heute, nicht?*

Herrlich. Sie hängt noch vier Stunden auf dem Schiff fest, muss am Tresen bleiben, bis alle wieder eingetrudelt sind, der Eintritt ins Schloss ist im Ticketpreis inbegriffen, und dann knöpft Highland Cruise den Idioten noch mal fünfzehn Pfund ab, wenn sie auch die Rückfahrt mit dem Schiff machen und nicht den Bus nehmen wollen, und den ganzen Heimweg wird es Beschwerden hageln, weil die alkoholfreien Getränke schon ausverkauft sind und jetzt, zur Mittagszeit, bloß noch Chips da sind, und sie hängt hier am Tresen fest und muss sich das Gejammer die ganze Fahrt bis zur Kanalbrücke anhören.

Die Deutsche liegt auf dem Rücken auf einer Sitzbank und hat die Augen zu. Dass sie Deutsche ist, weiß Gemma, weil die Frau Deutsch gesprochen hat, als sie die Treppe herunterkam und sich den Kopf hielt, und weil ihr auf den Boden gefallener Prospekt zum Loch Ness, den Gemma wie alles auf dem Boden Liegende später einsammeln muss, auf Deutsch ist. Das Mädchen, das an der Tür das Buch liest, ist aber etwas anderes, Gemma weiß nicht, was, seine Sachen sehen teuer aus, das Mädchen ist hübsch, fast attraktiv, dunkelhaarig wie eine Kontinentaleuropäerin, jedenfalls von irgendwo anders, wo es immer warm ist, und es interessiert sich überhaupt nicht für den See oder die Bäume, das Schloss oder das Ungeheuer oder irgendwas davon, sondern sitzt allein hier unten und liest, seit das Schiff abgelegt hat. Es sieht aus, als lese das Mädchen rückwärts. Dem Aussehen nach dürfte es ungefähr so alt sein wie Gemma. Warum macht man eine Rundfahrt auf dem Loch Ness, warum kauft man sich ein Ticket dafür, wenn man nicht sehen will, was es bei der Rundfahrt zu sehen gibt? Dieses Mädchen interessiert es nicht im Geringsten, dass es am sonnigsten Tag in der gesamten Geschichte der Highlands auch im Dunkeln ein Buch lesen kann, wenn es lustig ist, während andere Leute noch vier Stunden hier festhängen und eine perfekte Sonne verpassen und die Cokes an dem Vormittag schon in Dochgarroch praktisch weg waren und das Mineralwasser ausverkauft, weil Idioten zu gern Wasser kaufen; die warmen Snacks sind auch aus, und ihre Stimmung ist im Keller.

Aber in zehneinhalb Wochen wird sie lernen, *was Bilder bedeuten und wie sich ihre Bedeutung in der Gegenwartskultur erschließen lässt*, wie es im Vorlesungsverzeichnis heißt. Sie wird in einer großen Stadt wohnen, in der sie erst zweimal gewesen ist. Niemand wird sie kennen. Niemand wird sich darum scheren, was sie tut. Sie wird nicht mal in der Nähe dieser schönen (sie wäre keine Schottin, wenn nicht) Gegend sein, auf die sie so stolz ist, nicht mal in der Nähe dieses Schiffs, der langweiligen schönen Bäume, der endlosen Schlangen von Leuten von sonstwo, die sich das langweilige schöne Wasser ansehen. Kein Mensch wird ihr sagen, wann sie in die Sonne gehen darf und wann nicht, und es wird ihr auch nicht jedes Mal, wenn sie im Büro an den Vorratsschrank geht, jemand von hinten an den Hals atmen, der sich hinter ihr reinzwängt und guckt, was er sich rausholen könnte, und wenn er nichts findet, sie beobachtet, als passe er auf, dass sie nichts rausholt, was nicht ihr gehört, sie daran erinnert, wessen Schiff das ist, wer ihren Lohn bezahlt, und an einem Tag, so wunderschön wie heute, wird sie nach dem Unterricht nach Hause gehen können, wenn sie lustig ist, oder halt machen, was an dem Tag in der neuen Stadt drin ist, und wird nichts im Rücken haben, keinen Menschen, vor dem sie sich in Acht nehmen oder über den sie sich Sorgen machen muss. Die Frau von gegenüber, deren Nichte an der Schule unterrichtet, hat ihr gestern auf dem Heimweg von der Arbeit im Vertrauen gesagt, Jasmine erzähle in der Schule herum, und nicht bloß x-beliebigen Älteren, sondern ihrer Vertrauenslehrerin, dass ihre Eltern ertrunken sind, offenbar ein Unfall mit einem Schnellboot. Als sie gestern Abend heimkam, war Jasmine nicht da. Nach Mitternacht war sie noch unterwegs, und heute Morgen hat Kimberley geschlafen. In zehneinhalb Wochen darf sich Kimberley dann die Sorgen machen, wenn Zwölfjährige nach Mitternacht noch nicht zu Hause sind, sondern sich Gott weiß wo herumtreiben, denn sie wird dann woanders sein, ganz woanders, weit weg von hier, und ergründen, was Bilder bedeuten und warum sie wichtig sind.

Man stelle sich vor, dass sie am Ende doch in einem Schnellboot waren, das kenterte und sie beide mit den Armen rudernd ein Stück übers Wasser katapultierte, und sie dann ins Dunkel sanken. Das wäre doch fast nett. Geniale Idee von Jasmine eigentlich. Dann wüsste man wenigstens, wo sie sind. Könnte wenigstens auf die Wasseroberfläche schauen und wüsste, dass sie an dieser Stelle untergegangen sind. Dann wären sie wenigstens tot, was etwas bedeuten würde, und wohnten nicht bloß sonstwo mit anderen Leuten zusammen, mit denen sie Sex haben. Sie stellt sich die beiden vor: Sie haben ihre besten Sachen an, helle Urlaubsklamotten, sie haben eine Kamera dabei wie alle anderen Idioten und filmen die Zukunft, die hinter der, wie es aussieht, sicheren Windschutzscheibe des Schnellboots auf sie zugerast kommt, das Boot brettert mit aus dem Wasser ragender Nase über den See, es ist genau der Moment, bevor es zu schnell in die Kurve geht und der Bug sich aufbäumt, immer höher, und dann dreht sich das Boot von allein um wie ein Omelett oder wie die Pfannkuchen, die ihre Mutter, das weiß sie noch, mal gemacht hat, als sie von der Schule heimkamen, an dem Dienstag im Frühjahr, an dem man Pfannkuchen essen soll. Sie stellt sich die beiden vor: Sie stehen linkisch nebeneinander wie auf den alten Hochzeitsfotos, stehen bloß zusammen an derselben Stelle, die Klamotten sind jetzt zwar veraltet, aber wenn schon, das spielt keine Rolle, und sogar eine bei dem Tempo und der Motorvibration und dem Benzin im Tank unausweichliche Explosion des Boots, das schon im Begriff ist umzukippen, ist eine gute Option. Sie schießen beide mit wehenden Armen und Beinen durch die Luft, seine Uhr mit dem Metallband blinkt auf, als sie an seinem behaarten Handgelenk vorbeifliegt, sie überlegt panisch, wie ihre Frisur aussehen wird, wenn sie auf dem Wasser aufkommt, und wenn dann jemand den Knopf drückt, können sie wie ein Standbild auf dem Videogerät angehalten, den Moment vor ihrem Verschwinden in der Luft gehalten werden, und sie und ihre Schwestern sehen auf dem Fernseher im Hintergrund, wie es nicht geschieht, während sie am Tisch sitzen und die Pfannkuchen mit Zucker und Zitrone drauf essen, und eine Zitrone war etwas Exotisches, so etwas hatten sie nur selten im Haus, Jasmine war da noch winzig, ein Kleinkind, und sie selbst war noch so klein, dass die halbe Zitrone, daran erinnert sie sich, riesig war in ihrer Hand.

In ihrem Kopf hört sie eine Stimme etwas über das Wasser sagen.

Sie blinzelt. Entschuldigung, ich war meilenweit weg, sagt sie.

Das Mädchen, das das Buch gelesen hat, steht vor ihr am Tresen.

Auf einem anderen Planeten, sagt Gemma. Kann ich Ihnen behilflich sein?

Wasser, sagt das Mädchen. Für die Frau. Ich glaube, sie müsste vielleicht etwas trinken.

Es tut mir leid, sagt Gemma, die Aushilfe auf dem Fahrgastschiff. Wir sind komplett ausverkauft. Ich kann Ihnen ein

Heißgetränk machen, wenn Sie eins von der Getränkekarte wählen wollen.

Das Mädchen hebt die Brauen, lächelt, schüttelt den Kopf.

Ich möchte kein Wasser kaufen, sagt es. Sie sollen mir nur etwas geben für die Frau da drüben, der es nicht gut geht.

Es tut mir leid, sagt die Aushilfe Gemma. Wasser einfach so rauszugeben ist nicht erlaubt. Sie müssen eine Flasche Wasser kaufen, und es tut mir sehr leid, aber es ist keins mehr da. Vielleicht finden Sie auf der Karte etwas anderes.

Gemma weist auf die Getränkekarte, die eingerahmt an der Wand neben dem Ausschank hängt.

Sie dürfen kein Wasser hergeben?, sagt das Mädchen. Schaut Gemma, der Aushilfe auf dem Fahrgastschiff, direkt in die Augen.

Das Schiff schaukelt etwas unter ihnen.

Das ist richtig, sagt Gemma.

Sehen Sie die Frau dort drüben auf der Bank?, sagt das Mädchen. Sie ist schwer dehydriert. Sie muss etwas trinken. Haben Sie kein gewöhnliches Leitungswasser? Das müssen Sie haben. Was nehmen Sie denn für die Zubereitung von Kaffee und Tee?

Das Mädchen klingt nicht mal so auswärtig, sondern sogar schottisch. Es sieht aber nicht schottisch aus, und das Buch in ihrer Hand auf dem Tresen ist in einer Sprache mit Buchstaben, die Gemma nicht kennt; ihr wird ganz mau von dieser komischen Sprache mit ihren zipfeligen und geringelten Buchstaben, genau wie das eine Mal, es ist Jahre her, als sie mit ihrer Freundin in die Baptistische Kirche in der Castle Street gegangen ist und die Leute im Gottesdienst dauernd aufgestanden sind und, wenn es sie überkam, irgendwelches Zeug über Gott herausgeschrien haben wie Verrückte.

Das Mädchen spricht nun langsam und deutlich, als halte es Gemma für minderbemittelt. Die Idiotin.

Es tut mir wirklich leid, Madam, sagt Gemma. Ich darf das Wasser nicht so zum Trinken rausgeben, es ist für die Heißgetränke bestimmt.

Warum darf es nicht so getrunken werden?, sagt das Mädchen.

Die Bar ist sowieso geschlossen, sagt Gemma.

Das Mädchen sieht Gemma an, als habe es nicht genau gehört, was sie gesagt hat. Die Bar ist was?

Die Bar muss für die Stunde schließen, in der das Schiff leer ist, sagt Gemma. Das ist Vorschrift.

Das Mädchen prustet.

Das ist wegen der Ausschankgesetze, sagt Gemma.

Sie haben eben gesagt, ich könnte etwas von der Getränkekarte kaufen, sagt das Mädchen. Vor zehn Sekunden war die Bar noch offen, und jetzt ist sie zu?

Es tut mir schrecklich leid, sagt Gemma.

Das Mädchen beugt sich nach vorn, sieht ihr immer noch direkt in die Augen. Von so nahem ist seine Haut eindeutig dunkel, obwohl es eigentlich immer noch nach Glasgow klingt. Gemma tritt einen Schritt zurück.

Hören Sie, sagt das Mädchen. Wissen Sie, was durch Dehydrierung alles passieren kann?

Während es sich über Blut und Schwindelgefühle, über Anfälle und Krankenhäuser auslässt, sieht Gemma ihm direkt in die Augen, zieht weiter ein höfliches Gesicht und denkt im Kopf nur das Wort Idiotin Idiotin Idiotin Idiotin Idiotin. Was bilden die Idioten sich ein, kommen hierher und denken, bloß weil sie ein Ticket gekauft haben, könnten sie andere herumkommandieren? Kommen erst hierher und wollen dann nicht einmal sehen, wie schön die Sehenswürdigkeiten sind. Haben gar kein Interesse. Lesen stattdessen ein Buch in einer abartigen Sprache. Glauben, die Welt schulde ihnen etwas. Fast hätte Gemma gegrinst, kann es sich gerade noch verkneifen, nickt höflich, als höre sie zu. Als das Mädchen fertig ist, bedenkt Gemma es mit ihrem nettesten Lächeln, greift nach oben über ihren Kopf, zieht den metallenen Rollladen herunter, der die Bar vom übrigen Raum trennt, und hängt das Vorhängeschloss ein.

Die Fassungslosigkeit des Mädchens auf der anderen Seite des Rollladens ist förmlich zu hören. Gemma fährt zusammen, als der Rollladen rasselt, weil das Mädchen ein paarmal dagegenschlägt. Mit einem Mal ist sie aufgeregt und voller Häme; es ist, als stecke jemand anders in ihr drin, der von innen drückt und aus ihrer Haut herauswill. Sie schlingt die Arme um ihren Oberkörper. Ihr Herz klopft wie verrückt. Das Mädchen von auswärts kann sich ja beschweren, wenn es lustig ist. Sie ist in zehn Wochen hier raus und weg.

Der Boden ist mit den aufgerissenen Pappen und dem weggeworfenen Plastik eines Vormittags bedeckt, an dem viel los war. Der Abfallkorb hinten quillt über. Wessen Idee war es eigentlich, sie Idioten zu nennen? Gemma weiß es nicht; alle an Bord und im Ticketverkauf nennen sie so. Die Schlange derer, die auf das Schiff wollen, reicht jeden Morgen bis vor zur Hauptstraße. Sie tragen lebhafte Farben und Sonnenbrillen, schleppen alles mögliche sinnlose Zeug mit sich herum. Sie sind so hoffnungsvoll, wie Hunde, die warten, bis es Zeit zum Gassigehen ist.

Besonders hell ist es hier drin nicht, wenn der Rollladen unten ist. Das eine Fenster ist klein und mit dem Kühlschrank verstellt; durch den Spalt sichbaren Tageslichts sieht sie das sich draußen hebende und senkende Schloss. Bewegungsfreiheit hat sie nicht viel, und zu trinken ist außer dem Kaffee- und Teewasser nichts mehr da, aber das kann sie nicht trinken, das braucht sie alles für die Rückfahrt.

Diese Deutsche könnte sterben.

Was das Mädchen wohl macht? Wenn Gemma an ihrer Stelle wäre und es einen Notfall gäbe, würde sie ja auf dem Schiff herumlaufen und die Neigen aus den Gläsern, Dosen und Flaschen der Leute einsammeln und der Frau das geben. Ob das Mädchen genau das jetzt tut? Gemma hält den Kopf dicht vor den Rollladen, hört aber nichts. Das Erstaunliche an dem Mädchen war, was es für eine glatte Haut hatte. Als es mit dem Gesicht über den Tresen dicht an sie herangekommen war, hatte Gemma die glatte Haut gesehen und die Augen des Mädchens auch, die waren

Sie sinkt auf den Barhocker. Die Augen waren wunderschön. Ihr Schönsein ist Gemma so schneidend tief, und noch dazu ohne dass sie es bemerkt hat, in den Leib gefahren, dass sie auf den Rollladen direkt vor sich starrt, weil sie, wenn sie nach unten schaute, vielleicht sähe, dass sie sich schält, dass ihre Haut sich öffnet; sie traut sich nicht, nach unten zu sehen, vielleicht blutet sie ja. Der wehe Zug im Gesicht der alten Dame aus Kanada fällt ihr ein, als sie an Deck stand und auf das Sommerland starrte. Gemma betastet den Zwanzigpfundschein in ihrer Tasche. Irgendwo im künftigen Kanada wird sie von einem Bildschirm herablächeln und Leuten, die sie nie gesehen hat und nie sehen wird, von Schottenröcken und Clans und von dem Ort erzählen, aus dem sie stammt. Ihre Stimme wird aus einem Fernseher in die Luft eines Orts dringen, den sie nicht kennt. Überall auf der Welt gibt es inzwischen Versionen von ihr; lächelnde

Versionen von ihr haben so viele Meere überquert, und sie weiß es nicht einmal.

Vielleicht sollte sie den Rollladen hochschieben und rausgehen und dem Mädchen helfen. Sollte was von dem Wasser für die Heißgetränke nehmen. Niemand wird es merken; sie wird sagen, sie hätten massenhaft Tee und Kaffee verkauft. Es ist so heiß heute. Niemand wird nachfragen. Sie wird etwas von ihrem Lohn in die Kasse legen, damit es so aussieht, als hätte sie mehr verkauft. Wird einen Stapel Tütchen und Teebeutel in ihrem Rucksack verstecken. Die Deutsche wird blinzeln und nickend sagen, sie habe ihr das Leben gerettet. Das Mädchen mit den Augen, das unvermutete Sprachen lesen kann, wird sie anlächeln. Vielleicht stammt es ja aus der Stadt, in der Gemma studieren wird. Vielleicht wird das Mädchen, wenn das Schiff anlegt und Gemma sich auf den Heimweg macht, sich sein Buch unter den Arm klemmen und Gemma, der Aushilfe auf dem Fährschiff, nachgehen, in einiger Entfernung, weil es schüchtern ist und weiß, dass Gemma schüchtern ist. Auf dem Heimweg wird Gemma dann langsamer laufen und sich einholen lassen; sie werden am Friedhof vorbei bis zum Ende des Kanals gehen und in die Stadt, und Gemma wird ihr die Sehenswürdigkeiten zeigen. Die Kunstgalerie. Das Museum. Die Kathedrale. Das Theater. Das Schloss. Die Kaninchen, die das Gras auf dem Hügel unterhalb des Schlosses fressen, wenn sie so viel Geduld haben, dass sie welche sehen. Die Robben im Fluss, wenn sie Glück haben und der Fluss niedrig ist. Die Orte, wo Gemma in die Schule gegangen ist. Das Büro der Schifffahrtsgesellschaft. Gemma hat einen Schlüssel; bis dahin werden alle zu Hause sein. Da ist niemand mehr, es wird leer sein, und das Licht wird dann ein Abendlicht sein. Sie wirft ihr Haar zurück. Holt tief Luft.

Als sie den Rollladen hochziehen will, stellt sie fest, dass er abgesperrt ist. Sie kann den kleinen Schlüssel nirgends finden, den sie für das Vorhängeschloss braucht. Sie sucht alle Flächen ab. Geht der Reihe nach ihre Taschen durch, tut es ein zweites Mal. Sie sucht den Boden rings um sich ab. Sie leert den Abfallkorb aus. Hebt den Hocker hoch. Kippt die Schachteln mit den Zuckertütchen um. Sieht hinter den Whisky-Miniaturen nach.

Sie zieht an dem Vorhängeschloss, das zwar nur klein ist, aber trotzdem nicht aufgeht. Dreht es um, damit sie das Schlüsselloch sieht. Stochert mit dem Fingernagel daran herum, lässt es dann fallen. Sie weiß nicht, ob Andy einen Schlüssel dafür hat. Setzt sich wieder auf den Hocker.

Da kann man nichts machen. Der Raum, in dem sie sich befindet, schaukelt, weil das Schiff auf dem Wasser schaukelt, an den Tauen zerrt, mit denen es auf dem Anleger vertäut ist, und es ist nicht mal annähernd Zeit zum Ablegen, so dass es noch ewig dauern wird, bis jemand sie findet, und es ist heiß, fast stickig, und jetzt hat sie selbst Durst, und hier drin ist absolut nichts, was sie trinken darf.

Sie is besoffn, das is das einzig Wahre. Die Bäume torkeln auch nich wenig, sieh an. Besoffn is gut. Besser als gut, nämlich das einzig Wa-hahre, stern hicks hagelvoll, das is sie, jawoll, wie ein krankes hicks Huhn, und obwohl sie besoffen is, komplett hin, is sie noch ziemlich gut, sie kanns eben. Schnurgerade, wie ein Schütze, wie ein echter Scharfschütze, wenn mans genau nimmt. Sie hat getroffn, kann anscheind gut zielen, wenn sie so hinüber is und trotzdem trifft. Getroffn hat sie den Stein IN STILLEM GEDENKEN AN CHARLES ROBERT CAMERON GEBOREN 4. DEZEMBER 1907 GESTORBEN

18. MÄRZ 1978 DER HERR HAT'S GEGEBEN DER HERR HAT'S GENOMMEN, sie hats gehört, aber die Flasche is nich zerbrochn. Abgeprallt, mhm, is anscheinend auf der Seite gelandet, wo das Glas dick is, nich auf der dünnen. Sie kann sie ja nochma werfen, wenn sie aufsteht und rübergeht und sie sich wiederhicksholt, aber dafür muss sie aufstehn. Sie is hinüber, nicht die. Hahaha. Dünn, das is sie selber. Sie hat was wars gleich nochma verlorn, den Verstand, das wars.

Nichma zerbrochn, sieh an, das muss sie sich merkn, gut zu wissn. Sie hat sie schon alle aus und keine mehr da, denn die beiden andern Flaschn liegn zerbrochn im Gl Gras. Das schöne G r las von Inverness, die schöne was wars gleich nochma von Inverness, das Gedicht, das sie in der Schule durchgenommen haben, über Culloden und das Massaker nach der Schlacht und die Jakobiten, und hinterher die eine Maid, eine Tragödie, die Jakobiten abgeschlachtet, alle, wo die Maid echt betrübt drüber is. Buhu buho hee he buhuhu. Den Vater verlorn und drei Brüder. Die andern zwei sind auf dem Stein zerbrochn, als sie sie geschmissen hat. Den ein Moment warn sie noch heil, da warns noch Flaschn, und jetzt. Krch. Bruchlandung. In eim Moment kann viel passiern, das stehtma fest, aber nich immer, es passiert nich immer, weil, sieh es dir an, die is nich zerbrochn, als siese geworfn hat, echt erstaunlich. Is also noch da, die eine Flasche, sie sollte sie aufhebn, denn wenn er mit den geknickten Gewehren kommt, falls, lässt er sie vielleicht ma schießen, wenn sie so gut zielen kann, kannse ja. Trotzdem erstaunlich, echt erstaunlich, dass die eine nich. Die andern sind zerdeppert. Ein paar Scherben hängen am Papier von den Etiketten noch zusammen BACARDI BREEZE. Sie sammelt das Glas ma lieber auf, falls wer mit nem Hund kommt, und die Hundepfotn, wär schade drum. Sind viele, die mit ihren hicks Hunden hierher Gassi gehn, Hundescheiße hat sie aber nie welche gesehn, die haben alle Respekt, bestimmt wegen der Toten. Einen Hund, das hätt sie auch gern. Sie würde den nicht aufs Gras lassen aus Respekt vor denen drunter, die seit Jahren tot sind, die würdn nicht wolln, dass Hunde mit ihren Pfoten über sie drüberlaufen oder dass den ganzn Tag, ha!, und manchmal auch nachts Leute auf ihrn Körpern und Köpfn rumtrampeln. Halb elf is Cathy Maclennan aus der Schule, die mit Vaughn MacDonald aus der Dritten bei den altn Gräbern gepoppt hat, den Weg von oben runtergekomm, hat ihre Klamottn glattgestrichn und sie beim Rausgehn gesehn, sie hatte Grasflecken dran und hat ihm gesagt, dass sie ihr Handy oben verlorn hat, ob er raufgeht und es holt, und er, auf keinen Fall, du gehst, und sie, ich geh da nich nochma hoch, es ist fast dunkel, die haben sich angeschrien, auf keinen Fall, geh selber, und dann hat Cathy sie gesehen, und sie, guck ma, da ist Jasmine McKinlay, und da hat sie zu Cathy Maclennan rübergerufen, mir machts nichts, wenn ich geh, wie is deine Handynummer, ich kanns von meinem anrufen, dann hörst dus, aber Cathy Maclennan reagiert gar nich, als wär sie nich da, und sagt am nächsten Tag in Hauswirtschaft zu ihr, sie machn gerade Obst-und-Käse-Scones, kommt rüber und sagt, ich hab dich auf dem Friedhof gesehen, ganz alleine, du spinnst, Mann, aber echt, da treiben sich Junkies rum und alles, du bist verrückt, da immer alleine hinzugehen, ich hab dich gesehen, und rumzuhängen, wo lauter Tote sind, total plemplem, da hinzugehen, wenn du nich poppen willst, i-ih, Cathy Maclennan, das Knochengestell von Inverness, die will bloß damit angebn, dasse gefickt worden is, das is so eklig da auf dem Friedhof, gruselig, sagt Cathy Maclennan zu ihr, aber sie Cathy Maclennan gleich Kontra gegeben und so, sie, ach na ja, wenn du ma stirbst, willst du doch auch in den Himmel, und Cathy Maclennan so, klar doch, sicher, wenn es den gibt, und da hat *sie* gesagt, *sie*, na also, und wenn es ein Himmel gibt, muss man erst tot sein, sonst wird das nichts mit dem Himmel, da kommst du erst hin, wenn du hier weg bist vom Fenster, hahaha, die habn da oben eine Tafel dran, da steht drauf, er hat einen Preis gewonn, das ist nämlich der schönste und gepflegteste Friedhof in ganz Schottland, wahrscheinlich weil der Rasen immer ordentlich gemäht is und alles, und wenn sie das nächste Mal hingeht, sind die Flaschen, die sie beim letzten Mal zerschlagen hat, immer weggeräumt, egal, wo sie die zerdeppert hat, die finden sie, denn das nächste Mal sind sie weg, und auf dem Friedhof hört man auch nie was, nur Vögel und die Geräusche, die Bäume machen, sie ist schon zigmal da gewesen und hat noch nie einen Junkie gesehn, kein einziges Mal, vielleicht sieht sie ja mal einen, und der gibt ihr was, was länger wirkt als drei blöde Alcopops. Aber vielleicht will man, wenn man Junkie ist, auf so was nich hin, weil man da halogenieren würde, Tote sehen und so. Der eine Mann is auch keiner, denn sie hat ihn gefragt, bist du ein Junkie?, und er, nein. Das eine war ein Luftgewehr, das andere was anderes, sie hat vergessen, was, Mensch, Jas, denk nach, das is, das heißt, ach, sie weiß es nicht mehr, es hat mehr Bums als das Luftgewehr, das pustet gleich eine Hand oder ein großes Stück Schulter weg, sie hat aufgepasst, die Schulter, die ganze, war wie weggeblasn, kleine Steinbröckchen, so was hastu noch nich gesehn. Er sagt, er kennt ihre Eltern, der Mann. Wenn er heute Nacht käme und sie die Flasche hätte, die nicht zerbrochen is, könnte sie ihn mal fragen. Sie könnt sie obendrauf stellen, und wenn er ihr die Waffe geben würde, weil sie so toll zielen kann, das wärs doch. Auch wenn sie heute so betrunken is, Mann. Getroffen hat sie ja, definitiv, die ist am Stein aufgeschlagen, definitiv, bloß halt nich zerbrochen. Ein Wunder, genau wie im Religionsunterricht, wo er aus nichts Wein gemacht hat für die bei der Hochzeit. Ein Wunder, dass sie nich zerbrochen ist. Sie könnte sie oben auf den Kopf draufstellen, hahahaha, ein Engel und hat hicks die auf dem Kopf. Hahahaha. He, möchten Sie was trinken, Fräulein Engel, wenn Sie ein Red Bull nehmen, wachsen Ihnen Flügel, hahaha, aber die brauchen Sie nicht, Sie haben schon welche am Rücken, Sie haben schon was intus, hahaha, ein Engel und trinkt einen Bacardi Breezer in den Wolken, haha, o Gott, is mir schlecht, oh, Mist, Mist, nich, hör auf, setz dich mal, so, still sitzen bleiben, so. Na also. Warte, das wird schon wieder, is gleich vorbei. Gut so.

Leer ist sie, aber nich zerbrochn. Ein tolles Geräusch macht sie trotzdem, doch, das Geräusch ist toll. Sie findet das echt gut, das Geräusch, wenn sie zerdeppert. Kein Geräusch is beim Zerdeppern wie das vorige. Wenn man sie von oben fallen lässt, ist es anders. Wenn man sie mit Schmackes wirft, klingt es auch wieder anders. Wenn man sie sachter loslässt, ist das Geräusch sachter. Wenn man gar nicht will, dass sie kaputtgeht, und sie geht trotzdem kaputt, ist es wieder ein anderes Geräusch. Die sind alle verschieden und einmalig wie alle Schneeflocken, die vom Himmel fallen, die bestehen alle aus Wasserkristallen, und keine ist ganz genauso wie die andere, echt erstaunlich. Schnee verdammich! Es wird nie wieder schneien, so eine gottverdammte Hitze ist das, heute war der heißeste Tag in ihrem ganzen Leben, Schnee, was soll das sein, dass es mal welchen gab, kriegt sie im Kopf nich mehr zusammen, nichma in der Phantasie, wie soll das gewesen sein, Schnee? Hä? Obs nochma welchen gibt? Wie denn? So warm, wies auf der Welt ist, wird es keinen Schnee mehr geben und kein Weihnachten mehr und so. Little donkey, carry Ma-ry safely on her wa-y. Ring out those bells tonight Be-eth-le-hem, Be-eth-le-hem, ring out those, mh, die Erde ist nichma feucht heute, der Sommer is phantastisch, sie könnte hier schlafen, das ginge, kommt eh niemand, die sperrn die Tore an solchen Abenden um zehn rum ab, dabei is es noch nichma dunkel oder so, wird es erst später, und morgens sperren sie wieder auf für Besucher, die früh zuerst hierherkommen und dann zur Arbeit gehen, ihre Lieben besuchen und so, haha, was du morgens kannst besorgens, hahahaha, gestern muss es Gott weiß wie früh gewesen sein, sie hat keine Ahnung, wann genau, richtig früh jedenfalls, als sie heimgegangen ist, sie geht hier immer erst weg, wenn es langsam wieder hell wird und alles, und wenn sie nach Hause kommt, ist es ganz hell.

Was, wenn Cathy Maclennans Handy da oben zu klingeln anfängt und niemand rangeht, und am andern Ende hört es jemand klingeln, aber hier piept es im Gras, und außer Vögeln und Bäumen und Steinen kriegt das keiner mit.

Was wird das als Klingelton haben? Was aus dem Fernsehen? Oder ein Lied von S Club? Vielleicht ist es ja ausgeschaltet.

Mist, sie wird langsam nüchtern, oder? Kann das sein? Guck mal, die Bäume, die Wipfel schwanken noch, es ist jetzt fast dunkel, viel dunkler wird's nicht, aber in den Flaschen ist nichts mehr drin, zerdeppert oder nicht. Sie streicht mit dem Zeigefinger da drüber, wo die Etiketten die Scherben zusammenhalten, aber es is nichts mehr drin, Obacht, bloß nicht, ach, verdammt, Mist. Sie saugt an der Wunde, um die Blutung zu stoppen. Gott sei Dank hat sie nie mit der Zunge nach Resten gesucht. Schade, dass nichts mehr drin ist, denn das Zeug wirkt antiseptisch. Sie wird später mal Ärztin, dann heilt sie alles, sobald sie qualifiziert ist und die Ausbildung am College gemacht hat, in den Karriereratgebern schreiben die ja, sie kann, wenn sie will, alles werden, was sie möchte, sie ist nämlich, steht da, also, jedenfalls wenn sie ihren Kopf benutzt, aber die sagen auch, *du selbst musst es wollen, denn niemand wird es für dich tun, das kannst nur du selbst*, aber wenn sie das wirklich macht und andere kriegen das mit, diese Jacqui zum Beispiel, mit der keiner reden will, weil das sone Scheißstreberin is und denkt, die Welt wär ihr was schuldig, weil, guck sie dir nur an, und wenn du so bist, wirst du die ganze Zeit vollgelabert von wegen, was glaubst du, wer du bist, und so. Ne, gut wäre, wenn man im Lotto gewinnt, da braucht man nie zu arbeiten, oder wenn man im Fernsehen berühmt wird, in einem Haus wie Big Brother oder in einer Popgruppe und gewinnt, weil Millionen Stimmen für die angerufen haben, oder doch nicht, weil sie ja Schützin wird und dort eintritt, wo Schützen gebraucht werden, die werden doch bestimmt massenhaft irgendwo gebraucht, Leute, die gut zielen können. Und das kann sie, sogar wenn sie hicks besoffn ist, Mist, es lässt aber nach, nur langsam zwar, aber eben doch. Mist. Stimmt das wirklich? Sie schlägt mit dem Handrücken gegen den Baumstamm über ihrem Kopf, eine Kiefer ist es, och, mh, nicht weit genug weg, die Wunde tut weh bei dem Schlag, ach, Mist! Mist, drei halten nicht lange genug an, drei, und es ist noch nicht mal richtig dunkel, die Wipfel schwanken immer noch vor dem Himmel, und bei ihr lässt es schon nach. Der Finger blutet noch und tut sauweh. Drei sind zu wenig, Jas, kapiert, das nächste Mal holst du dir vier oder fünf, du bittest Gemma um das Geld, sagst, es is für die Klassenfahrt nach Kincraid, in den Wildpark. Vielleicht kommt er ja wieder, war gut gestern Nacht, als er dann da war. War fast genauso dunkel, als er kam. Sie konnte die Baumwipfel auch noch sehen, aber nur grad so. Wär echt gut. Wenn er heute auch käme. Gestern Nacht hat sie ihn gesehen, da war er oben bei den Engeln, sie ist rüber und hat ihn gefragt, er ist richtig zusammengefahren, als er sie gesehen hat, sie hat überlegt, ob er vielleicht ein Junkie ist und was hat, fragt ihn danach, und er sagt nein. Stand einfach da, sah sie an und sagte es:

Nein.

Was sind Sie dann, Wildhüter?, sagte sie. Sie war fast schon wieder nüchtern, vielleicht, dachte sie, war das hier drin nicht erlaubt, Füchse oder Vögel oder Ratten oder so, und deshalb hatte er die zwei Waffen, über jedem Arm eine, aber gebrochen. So nennt man das, wenn sie an der Stelle, wo man sie lädt, abgeknickt sind, offen, so hatte er sie jedenfalls über den Armen hängen, über jedem eine, gut zu wissen, was gebrochen alles bedeuten kann.

Nein.

Schießen Sie zum Spaß auf Tiere oder was?

Nein.

Dann auf Möwen?

Nein.

Oder schießen Sie auf welche, die hier unbefugt reinkommen, Junkies oder so was? Bewachen Sie hier das Tor?

Nein.

Aber wenn Sie nicht auf Tiere oder irgendwas Scheißlebendiges schießen und es hier sonst bloß Tote gibt, die man nich mehr erschießen muss, worauf schießen Sie dann, verdammte Scheiße?, sagt sie. Der Mann sah irgendwie älter aus, nicht wie jemand, der in einer Gang sein könnte. Er sah auch nicht wie die Polizei aus oder so was. Er legte ein Gewehr auf die Erde und stellte den Fuß darauf.

Fluch nicht, sagt er.

Klappte das andere mit einem Klick zu, legte an, sah mit einem Auge durch und feuerte, es gab einen lauten Knall, und von dem Engel, den er getroffen hatte, spritzten Steinchen in alle Richtungen, sie ging hin, es sich ansehen, die Kugel hatte die Hand getroffen, die er wie übers Herz gebreitet hatte, sie war geborsten, und die Finger hatten lauter Dellen vom Schrot.

Saustark!, sagte sie und wischte den Staub von den Steinbröseln an ihrem Sweatshirt ab.

Komm weg da, sagte der Mann flüsternd, winkte sie mit dem Gewehr zu sich her. Dann legte er das Gewehr hin, stellte sich drauf und nahm das andere hoch, klappte es zusammen, sah daran runter und feuerte es auf den Engel ab. Seine ganze Schulter war weg. Der Mann wartete und horchte, bis die Vögel keinen Krach mehr machten und wieder ruhig auf den Baumwipfeln saßen, und als sie aufgehört hatten, feuerte er dasselbe Gewehr noch mal ab, und da kreischten sie wieder. Das oberste Stück vom Kopf und vom Gesicht waren weggeblasen. Dann knickte er die Gewehre ab, hängte sie sich über die Arme, machte kehrt und ging.

Darf ich mal schießen?, sagte sie.

Geh nach Hause ins Bett, Mädchen, sagt er und geht an ihr vorbei, so spät solltest du allein nicht auf der Straße sein. Deine Eltern sind Heiden, wenn sie dir das erlauben.

Sie war verblüfft. Woher kennen Sie meine Eltern?, rief sie seinem Rücken nach.

Der Mann blieb stehen. Blaffte irgendwas. Drehte sich mit

seinen Gewehren herum und kam wieder auf sie zu. Neben einer Statue blieb er stehen.

Wenn du einer Menschenseele verrätst, dass du mich gesehen hast, sagt er, wird Gott dich bestrafen. Also lass es.

Okay, sagt sie und denkt, hirnloser blöder Gottesfanatiker, wenn's ihm Spaß macht, von mir aus. Und sagt: Ich verrate nichts, wenn ich mal mit Ihrem Gewehr schießen darf.

Der Mann sah sie an, als wollte er schätzen, welche Kleidergröße sie trug. Warf einen Blick auf seine Uhr, sah zum Himmel zwischen den Bäumen hinauf. Atmete irgendwie aus. Schnell, sagte er, bevor es hell wird und jemand uns erwischt.

Er klappte das Gewehr gerade. Nicht anfassen, sagte er. Hielt es ihr vors Auge. Sie sah dran runter und konnte nichts erkennen, doch dann legte der Mann die Hand auf ihren Kopf, damit sie ihn ruhig hielt, und sie sah in einem Glaskreis im Teleskop des Gewehrs Helles und Dunkles vorbeiziehen, das war wohl der Himmel, dann dicht vor sich die Bäume, den Zaun an der Rückseite am Kanal und die Grabsteine, und alles schwankte heftig. Der Mann nahm das Gewehr an sich.

Schau her, sagte der Mann, hielt sich das Gewehr an den Kopf und schoss auf den einen Engel, dessen Hand mit den Fingern am Kinn befestigt war. Sie rannte hin und hob das Stück Stein aus dem Gras auf. Zwei Finger ragten noch vom Kinn in die Luft, aber die Stelle, wo die Hand sein sollte, an der sie dran waren, war weg. Sie brachte ein Bröckchen mit. Der Mann nahm es ihr weg und warf es ins Gebüsch.

So, sagte er, pass auf, und machte, obwohl er ein bisschen zu alt dafür aussah, auf dem Absatz kehrt wie ein Cowboy im Film und schoss den einen in den Kopf und den anderen in die Bibel.

Er ist Pastor in einer Kirche. Die Engel sind Idole. Das ist sein Job. Er zeigte ihr den Unterschied, wann ein Gewehr schießbereit ist und wann nicht.

Dann wurde es richtig hell, und der Mann war fort.

Bei dem abgebrochenen Kopf des einen, dem er Kopf und Schulter weggeschossen hatte, war der Stein innen drin ganz weiß, als sie nachsehen ging. Sie hat es sich heute noch mal angesehen, das wellige Haar ringelt sich noch über die andere Schulter, aber es ist kein Kopf mehr da, aus dem es herauswachsen kann. Der Mann ist ein astreiner Schütze, ganz klar. Ein Meisterschütze. Auf dem Friedhofsabschnitt mit den Engeln sind eine Menge beschädigt oder enthauptet. Engel gibt es nur in einem Abschnitt des Friedhofs, rings um den Kanal, in den anderen Abschnitten gibt es nirgendwo welche. Das liegt daran, dass die eine Religion Engel hat und in der anderen keine erlaubt sind.

Sie grübelt immer noch, woher der Mann ihre Eltern kennt. Die haben nichts mit Religion am Hut. Er hat ihre Frage nicht beantwortet. Vielleicht hat er sie auf den Arm genommen. Sie grübelt, ob er, falls ja, alle beide kennt oder bloß ihre Mutter oder ihren Vater einzeln. Ob er denen verraten würde, dass er sie gesehen hat und wo und zu welcher Zeit und so, dass sie nachts draußen war und nicht zu Hause? Aber solange er Kimberley nichts sagt, ist es okay. Ob der Kimberley kennt? Sie ist jetzt nüchtern. So nüchtern wie ein, was ist das noch mal, was nüchtern zu sein hat? Jedenfalls kann sie wieder alles spüren, alles, was es auf der ganzen Scheißwelt gibt, sie spürt es wieder alles. Das kratzige Steinchen unter ihrem Bein, das kitzlige Gras an ihrem Handgelenk, das Warm-Kalte der Luft um sie herum, das Traurige der Häuser hinterm Kanal, wo bei den Leuten im Schlafzimmer jetzt überall Licht brennt, das sie durch die Bäume und den Maschendrahtzaun durch sieht. Ihr Finger brennt auch noch richtig doll und alles. Sie hat ein Sauerampferblatt drumgewickelt, und wenn sie das weiter fest draufdrückt, blutet es nicht mehr.

Dunkler wird es nicht mehr, also wird der Mann, falls er kommt, jeden Moment da sein. Sie hat die Flasche, die nicht zerbrochen ist – erstaunlich ist es ja schon –, aber sie ist nicht mehr besoffen, nicht richtig, und eigentlich wollte sie ja wissen, ob sie auch trifft, wenn sie komplett hinüber ist, das wäre eindrucksvoll. Aber rauskriegen, wie sie zielt, wenn sie nicht komplett hinüber ist, wär auch nicht übel. Denn erst mal will sie ja wissen, ob sie gut zielen kann. Das Gewehr hat schwer ausgesehen, das größere, und außerdem will sie wissen, ob sie es aufknicken kann oder ob das zu schwer für sie ist. Braucht sie wen, der ihr dabei hilft, oder schafft sie das alleine, das muss sie wissen.

Die Engel blicken mit leeren Augen schicklich gen Himmel.

Die Männer zechen immer noch in ihrem Leichenberg.

Die Möwen versammeln sich am Flussufer, bereit für den neuen Tag.

Jemand anders schläft in der zugesperrten Betonzelle, eine Tramperin vielleicht, die sich den Rucksack unter den Kopf gelegt hat, oder ein Landstreicher, den sie eigentlich einfangen soll, die Polizei, statt ihm auch noch Kost und Logis zu geben.

Durch die Tausende von Lumpen an den Bäumen bei der alten Quelle hängen die Äste herunter, reglos.

Das Ungeheuer hat sich tief ins Bett des Loch eingegraben, seine große Flosse zuckt, trübt das Wasser mit Bodensatz ein.

Die Touristen in den Betten der Hotels, der Gasthäuser und Frühstückspensionen schlafen.

Die guten Bürger der Stadt. Die bösen Bürger der Stadt.

Mitten in der Nacht, hell.

## Zerstörerisch

Was müssen Sie für diese Geschichte über mich wissen? Wie alt ich bin? Wie viel ich im Jahr verdiene? Was für ein Auto ich fahre? Schauen Sie mich an, hier bin ich, am Anfang, in der Mitte und am Schluss, alles auf einmal, verliebt in jemanden, den ich nicht haben kann. Der Gedanke an sie beim Aufwachen, sonnenhell und neu, den Tag über dann erwartungsvoller Taumel und dahinter, dunkel wie eine durchgebrannte Glühbirne, die Tatsache des Worts niemals.

Jemand ist im Spiegel im Flur. Ich sehe noch einmal hin. Das bin ich. Nach Tagen sehe ich mich zum ersten Mal wieder und sehe aus, als hätte ich in meinen Kleidern geschlafen. Ich gehe in die Küche, dort stapelt sich schmutzverkrustetes Geschirr. Ich kann mich nicht entsinnen, von einem der Teller gegessen zu haben. Ich gehe weiter ins Wohnzimmer; die Bücher liegen überall auf dem Boden.

Ich gehe hinaus in den Garten und sehe mir den Apfelbaum an. Er ist neu, ich habe ihn vor drei Jahren gepflanzt. Er ist genauso groß wie ich. In seinem ersten Jahr hat er einen Apfel getragen, essbar, sauer und gut. Im zweiten waren es drei. Dieses Jahr hängen lauter künftige kleine Äpfel daran, es sind über zehn. Die neuen Blätter scheinen jedoch einzugehen. Bei genauerem Hinsehen stelle ich fest, dass es auf den jungen Trieben der Äste von grünen und grauvioletten Blattläusen wimmelt. Die größeren frischen Blätter sind auf der Vorderseite glatt und frei, die Unterseite jedoch ist dicht mit Insekten bepackt, und bei einigen Blättern haben sich die Ränder fest nach innen eingerollt, wodurch sie absterben. Als ich sie aufbiege, erblicke ich winzige Schmutzinseln, als befinde sich in dem eingerollten Blatt ein verlassener Werkshof.

Rings um den Fuß des jungen Baums, in Marschkolonnen aufwärts und abwärts am Stamm, als Turner auf den äußersten Astspitzen, wo sie an den Läusen und den süßen, noch geschlossenen Blattknospen knabbern: Ameisen.

## Mitte

Ich kann aber nicht lange sprechen, sagt meine Freundin, wir sind kurz vor London, die Tunnel fangen gleich an.

Nein, hör zu, mir geht's gut, sage ich. Wirklich. Richtig gut. Ich wollte dich nur fragen, was ich tun kann, da sind so Ameisen am Apfelbaum, überall, und Hunderte von Läusen an den Blättern.

Kein Gift, bloß nicht, sagt sie. Damit ruinierst du die Äpfel, den Boden und den Baum, und die Ameisen gehen auch ein. Es ist eine Ameisenfarm. Die Ameisen bewirtschaften die Blattläuse. Du wirst sie bitten müssen zu gehen. Sei höflich. Hör mal, ich bin gleich weg, ich

gehe ins Kloster? Falle ins Koma? Krieg schlechte Laune? Was auch immer, ihre Stimme ist weg. Ich lege auf, steige über die Bücher auf dem Wohnzimmerboden und gehe wieder in den Garten hinaus. Ich gehe gleich zu dem Baum und finde einen Ast, an dessen Spitze eine Ameise knabbert. Ziehe den Ast zu mir heran, bis die Ameise so nahe ist, dass sie vor meinen Augen verschwimmt. Sie nimmt mich nicht wahr, sondern nur das Astende, das ich mir vor den Mund halte wie ein Mikrofon. Bitte geh, sage ich. Das ist mein Apfelbaum, du machst die Blätter kaputt. Bitte sag den anderen Ameisen, sie sollen auch gehen.

Na, bisschen im Garten werkeln?, sagt mein Nachbar über den Zaun.

Was er eigentlich meint, aber nicht sagt, ist: Warum sind Sie wieder mitten am Nachmittag zu Hause und nicht auf Arbeit?

Sie sind zeitig zu Hause, sage ich.

Ich hab heute frei, sagt er. Was ist mit Ihnen? Nicht gut?

Was er meint, ist: Sind Sie entlassen worden? Gefeuert? Verdiene ich jetzt mehr als Sie? Können Sie Ihre Hypothek noch bezahlen, oder müssen Sie das Haus verkaufen? Und wie viel wird es wert sein, denn meins ist bestimmt mehr wert, ich hab ja auch mehr Arbeit reingesteckt als Sie.

Nein, nein, mir geht's gut, sage ich. Ich erzähle ihm, dass ich noch Resturlaub hatte. Kennen Sie sich mit Ameisen aus?, sage ich.

Ameisen? Die müssen Sie vernichten. Anders geht's nicht. Sonst breiten die sich überall aus.

Was er meint, ist: Wehe, die breiten sich in meinem Garten aus.

Er holt den Rasenmäher aus dem Schuppen, mäht seinen Rasen, obwohl er ihn erst vor drei Tagen gemäht hat, und räumt den Rasenmäher wieder weg.

Was er meint, ist: Sie mähen Ihren Rasen nicht oft genug. Ihr Garten sieht entsprechend aus. Haben Sie keine Augen im Kopf, Mensch?

Er geht hinein; ich höre seine Hintertür zuschlagen. Ich warte jetzt seit ungefähr einer halben Stunde bei dem Baum.

Die Ameisen machen ungerührt weiter. Ein Abzug sieht jedenfalls anders aus. Ich hole das alte Fahrrad aus dem Schuppen, radle zum Einkaufszentrum und denke den ganzen Weg an die Haut auf der Innenseite ihres Arms und wie die sich wohl anfühlen mag und stelle mir die Rundung und das Gewicht ihrer Brust vor, wenn sie sich vor meinem Mund erhebt, vor meinen Augen, und gehe, an den Arkaden angekommen, deshalb prompt in den Supermarkt, weil ich dort immer hingehe, statt in den Baumarkt, wie ich es eigentlich vorhatte. Ich stehe im Gang mit dem Obst und Gemüse und habe keine Ahnung, was ich hier will.

Eine Praktikantin füllt Nektarinen auf. Sie sieht aus wie fünfzehn. Auf ihrem Namensschildchen steht: HIER BEDIENT SIE ANGELA.

Ich erzähle Angela von den Ameisen. Sie sieht mich an, als hätte sie so etwas Seltsames in ihrem ganzen Leben noch nicht gehört. Sie mustert meine Sachen und mein Haar. Verschwindet nach hinten. Nach einer kurzen Weile kommt eine Frau um die dreißig auf mich zu. Auf ihrem Namensschildchen steht HELEN SELLAR BEREICHSLEITERIN.

Kann ich Ihnen behilflich sein?, sagt sie.

Ich erzähle ihr von den Ameisen.

Chilipulver, sagt sie. Über Chilipulver wird eine Ameise nicht drübergehen. Die mögen es nicht, wenn sie das an die Beine kriegen.

Danke schön, sage ich.

Ich gehe in den Gang mit den Gewürzen und kaufe vier Päckchen mildes Chilipulver. Ich nehme lieber mildes als scharfes, weil ich den Ameisen nicht zu sehr wehtun möchte. Angela und Helen Sellar beobachten mich beim Bezahlen und beobachten mich beim Gehen; sie beobachten mich vom

Schaufenster des Ladens aus immer noch, als ich mein Rad aufschließe.

Wieder im Garten, ziehe ich mit dem Inhalt von zwei Päckchen einen Grenzstreifen um den Baum. Die Ameisen laufen weiter den Stamm hinauf und hinab und unten über das orange Pulver drüber, als wäre es gar nicht da, als wäre es auch bloß Erde.

Ich gehe ins Haus und rufe meinen Vater an.

Ich gucke gerade Fußball, sagt er.

Leg nicht auf, rufe ich.

Ich rufe sofort noch mal an. Das Telefon läutet lange.

Was?, sagt er, als er abnimmt. Tja, du musst den Stamm deines Baums weiß anstreichen. Weiß mögen die nicht. Über Weiß gehen die nicht drüber. Aber nicht den ganzen Stamm und bloß nicht mit Lackfarbe, sonst beschädigst du den Baum. Nimm Dispersionsfarbe und zieh einen weißen Ring um den Stamm, das hält sie auf.

Ich gehe wieder hinaus in den Schuppen und finde eine alte Farbdose. Hebele mit einem Schraubenzieher den Deckel auf. Weil ich keinen Pinsel finde, streiche ich mit dem Schraubenzieher ein Stück oberhalb des Bodens einen drei Finger breiten weißen Ring auf den Stamm.

Ich setze mich ins Gras und warte, dass die Farbe trocknet. Passe auf, dass keine Ameisen daran klebenbleiben, solange sie noch nass ist.

## Schluss

Ich schnipse eine Ameise von der Spitze eines Zweigs. Klaube eine vom Baum und zertrample sie. Sehe eine den Stamm hinunterrennen und zerquetsche sie mit dem Daumen. Einige andere Ameisen auf dem Stamm kriegen Panik. Ich zerquetsche so viele, wie ich kann. Dann höre ich damit auf. Sie können den Baum kaputtmachen, wenn sie wollen. Was kann ich dagegen tun? Nichts.

Ich gehe hinein und fange an, die Bücher wieder alphabetisch ins Regal einzusortieren.

Später gehe ich noch mal in den Garten hinaus und grabe im Boden um den Baum. Ich grabe bis zu seinen Wurzeln. Der Baum steht zwar erst seit drei Jahren, aber seine Wurzeln sind sehr stark. Ich zerhacke sie mit dem Spaten und lehne mich mit aller Kraft nach hinten, bis ich den Baum aus der Erde gezogen habe.

## Anfang

Ich verliebe mich.

Bildlicher gesprochen, gehe ich eines Tages die Straße entlang, als mich wie aus dem Nichts der Blitz trifft. Der Blitz kommt buchstäblich aus heiterem Himmel; es regnet nicht, ist nicht mal bewölkt, sondern schön. Im Süden ist es allerdings sehr heiß gewesen, im Norden kühler, der Blitz hat vermutlich etwas mit den beiden Fronten zu tun. Als sie aufeinandertreffen, ist das so, als hätte mir jemand mit einem Baseballschläger eins über den Kopf gezogen oder mich in eine Steckdose gesteckt, deren Strom meinen ganzen Körper erhellt.

Ich bin wie betäubt, leuchte aber, strahle unter meinen Kleidern so hell, dass ich mir die Hand vor die Augen halten muss. Licht fließt unter meinen Ärmeln hervor über meine

Hände. Ich lege mir die Hände unter und setze mich blinzelnd auf den Bordstein.

Sie hält mit ihrem Auto mitten auf der Straße an. Lässt die Tür offen und kommt zu mir herüber. Sie ist erhellt, strahlt ebenfalls. Sie sieht aus wie der Sommer. Ich hab dich gesehen, ich hab alles gesehen, erzählt sie mir. Sie beschreibt, wie das Licht plötzlich vom Himmel herabschoss, und sagt mir, es hätte sofort Kontakt zu meinem Hinterkopf aufgenommen. Und tatsächlich, ich finde eine versengte Stelle im Haar, als ich meinen Schädel betaste, und habe auch einen schwachen Geruch von Versengtem in der Nase.

Ich kann Ihnen sagen, ihr Haar ist blond.

Ich kann Ihnen sagen, sie ist um die fünfundzwanzig.

Keine Ahnung, was für ein Auto sie fährt.

Noch Tage später, Wochen später, womöglich gar Monate bin ich in den Himmel verliebt, in die Erde, in die Bienen, die sich im Pollen der Blüten tummeln. Ich bin beim Aufwachen verliebt. Schlafe verliebt ein. An meinem Apfelbaum sind Ameisen und zerstören seine Blätter. Sollen sie. Ich liebe jede einzelne, liebe jede einzelne Spur der DNA, die sie unsichtbar auf seiner Rinde hinterlassen. Ich wünsche ihnen Glück. Ich hoffe, ihre Blattläuse wachsen und gedeihen. Ich bin in ihre Blattläuse verliebt. Ich bin außerdem nicht bloß in meine Freundin verliebt, die ich sowieso liebe, weil sie meine Freundin ist, sondern auch in meinen Nachbarn und in Angela und Helen Sellar vom Supermarkt. Ich bin in meinen mürrischen Vater verliebt. Ich komme aus dem Garten rein und setze mich zu den Büchern in meinem Wohnzimmer, die ich aus dem Regal gefegt habe, denn würde ich sie sonst jemals wieder in die Hand nehmen und reinsehen? Ich schlage aufs Geratewohl mein altes Chambers Twentieth Century Dictionary auf. Alles ergibt einen Sinn. Gordisch: ein gordischer Knoten. Hylisch bedeutet stofflich. Bedürfnis ist der Wunsch oder das Verlangen nach etwas, ohne das man nicht sein kann; ein Zustand des Mangels, der Abhilfe erheischt; eine Notwendigkeit. Die Spelze ist die Hülse des Getreidekorns. Ein Schimmer ist ein schwacher Lichtschein, ein sanftes Leuchten, eine leichte Helle, oft bildhaft verwendet: ein Hoffnungsschimmer.

Ich liege auf dem Fußboden, den Kopf auf Büchern und die Füße auf noch mehr Büchern gelagert, und schaue an die Decke, wo Fliegen auf der alten Lampenfassung sitzen, und an dieser Stelle der Geschichte ist sogar die Decke herrlich.

# Der Buchklub

Das verschwundene Mädchen war im gleichen Alter wie ich. Ihr Schulfoto war in den Zeitungen und in den Schottland-Meldungen im Fernsehen, was ich damals sehr aufregend fand, weil darüber, wo wir wohnten, sonst nie etwas im Fernsehen gebracht wurde, nicht mal im schottischen. Ich war zehn. Die langen hellen Abende verbrachte ich in dem Sommer draußen, spielte im und vor dem Gewächshaus, das mein Vater im Garten hinter unserem Haus aufbaute. Es waren bisher weder Glasscheiben noch Pflanzen darin, es bestand vorläufig nur aus dem Betonfußboden, dem Rahmen für die Seiten, dem Dach und der neuen, auf den Führungsschienen noch schwergängigen Tür. Ich konnte den Arm durch nicht vorhandenes Glas schieben und stellte mir vor, er ginge durch eine feste Mauer wie in der Serie über die Frau, der sie bionische Gliedmaßen eingepflanzt hatten. Ich konnte mich zur oberen Hälfte der Tür hinauslehnen wie zu einer Stalltür oder, unter die Metallstange in der Mitte geduckt, durch die untere Hälfte durchgehen, ohne sie aufzumachen.

Ich hörte, wie mein Vater sich über den Zaun hinweg mit jemandem bei den Garagen unterhielt. Er rief mich aus dem Garten zu sich. Sie liest gern, sagte er zu dem Mann. Der Mann hier, sagte er zu mir, sagt, du darfst dir jedes Buch aus seinem Van aussuchen, das du möchtest, und wenn du es gelesen hast, kannst du es ihm wiedergeben und dir ein neues nehmen.

Der Name des Mannes war Stephen; er verkaufte Bücher in den Highlands und auf den Inseln. Sein Van war innen voll mit Büchern. Er hatte hinten an den Türen einen Klapptritt, und man durfte da ruhig reingehen, denn mein Vater hatte es gesagt. Es war keine Bücherei, die Bücher waren nicht zum Ausleihen, sondern zum Verkauf gedacht. Sie hatten Titel wie Papillon und Shogun. Ich suchte mir eines aus, in dem es darum ging, dass jemand jemanden sucht; auf dem Umschlag war die Schauspielerin Diane Keaton, wie ich jetzt weiß, drauf; sie lächelte auf dem Foto und rauchte eine Zigarette; sie war hübsch, deshalb entschied ich mich dafür.

Wenn du vorsichtig damit umgehst, sagte der Mann von dem Van, kann ich es hinterher noch verkaufen.

Er zeigte mir, wie ich es halten und nur wenig aufklappen sollte, damit am Buchrücken keine Knicke entstanden und ich die Seitenränder nicht mit Schmutzfingern beschmierte. Ich las es im Bett. Es handelte von Sex, danach brachte jemand sie um. Jeden Abend hielt ich das Buch, wie der Mann es mir gezeigt hatte, weil es nach mir noch jemand lesen sollte, vielleicht jemand, der draußen auf einer der Inseln wohnte. Irgendwer dort oben würde es von dem Van kaufen und bei sich zu Hause haben, und der durfte nicht merken, dass ich es vor ihm schon gelesen hatte. Ein Mädchen von den Äußeren Hebriden war bei mir an der Schule. Es sprach, als hätten die Wörter noch Laute zusätzlich, verspielte Ränder wie das Zeug aus Spitze, das meine Mutter mit langen Nadeln an den Rücken- und Armlehnen der neuen dreiteiligen Couchgarnitur im Wohnzimmer feststeckte.

Meine Mutter beäugte mich mit starrem Blick über die Frühstücksteller hinweg.

Iona, du siehst ein bisschen blass aus, sagte sie. Komm mal her.

Sie befühlte meine Stirn. Ich war länger wachgeblieben als alle anderen, hatte wieder und wieder die Seiten mit dem Sex und den Teil am Schluss gelesen, wo der Mann es tat, hatte das Buch so wenig wie möglich aufgebogen und mit schiefem Hals die kaum lesbaren inneren Enden der Zeilen zu entziffern versucht.

Ich hab noch lange gelesen, sagte ich.

Sie drückte die harte Butter in ihren Toast und kratzte sie mit dem Messer auseinander. Meine Eltern lasen beide keine Bücher. Wenn man arbeitete, hatte man keine Zeit dafür. Vor allem meine Mutter hatte keine Zeit dafür, sie sah keinen Sinn darin, und deshalb finde ich es immer noch überraschend, dass ein Buch zu den wenigen Dingen gehört, die ich bis heute, zehn Jahre nach ihrem Tod, von ihr habe: Rip Van Winkle und andere Erzählungen von Washington Irving. Das gab sie mir eines Nachmittags, als ich, schon über zwanzig, für den Sommer aus dem College nach Hause gekommen war; das kannst du haben, sagte sie. Weiß Gott, wo sie es aufbewahrt hatte, denn gesehen hatte ich es noch nie, und ich kannte jedes Buch bei uns zu Hause. Es war eine Schulausgabe. Ihr Mädchenname und der Name ihrer Schule waren mit schöner Schrift in ein vorgedrucktes Schild unter *Dieses Buch gehört* eingetragen, und ihr Name war in verlaufener Tinte und liederlichen Großbuchstaben auch auf den Seitenrand gekritzelt. Das Erscheinungsjahr ist 1938, das Jahr, in dem ihr Vater starb und sie, mit vierzehn, von der Schule abgehen musste. Jetzt habe ich das Buch, ihre grauen Autofahrerhandschuhe aus Leder und ihren Trauring.

An das alles denke ich zwischen dem Flughafen und zu

Hause in dem schwarzen Taxi, in dem ich sitze und Englands Südosten an mir vorbeizieht. Der Mann am Steuer hat Lust, sich mit mir zu unterhalten, das spüre ich. Ich ziehe ein Buch aus der Tasche und halte es bereit, obwohl ich aus Erfahrung weiß, dass mir schlecht wird, wenn ich tatsächlich lese. Es ist ein Buch, das es im vorigen Jahr auf viele Shortlists geschafft hat. Geschrieben ist es von einem Mann, und das Raffinierte daran ist, dass es geschrieben ist, als wäre es von einer Frau. Alle sagen, es ist gut. Ich drehe es in der Hand um. Das Buch riecht nach den Tomaten meines Vaters. Ich halte es mir unter die Nase und fächere die Seiten auf. Meine Tasche ist voll mit Tomaten, einige fast reif, andere noch grün. Die soll ich aufs Fensterbrett legen, wenn ich zu Hause bin.

Der Fahrer dreht sich halb zu mir um. Ich schlage das Buch in der Mitte auf. Schaue kurz darauf, dann zum Fenster hinaus. Das Gras an den Straßenrändern steht wieder hoch, die Felder haben die goldene Farbe, mit der sie zu dieser Jahreszeit aufwarten. Ich drücke einen Knopf auf meiner Armstütze, und die Scheibe zu meiner Rechten gleitet herab. Sommerluft kommt herein. Die Sommer sind einer wie der andere, die werden nicht älter, bei denen läuft alles glatt, immer gleich, halt wieder Sommer, in Wahrheit aber sind sie so unrettbar veraltet, wie wenn man eine alte 45er auf den Plattenteller legt oder meinetwegen wie wenn man eine alte 45er von einem Plattenteller nimmt und sie an einem windstillen Tag wie heute über den Kanal hüpfen lässt; stünde man dann dort und sähe sich das Wasser an, könnte man nicht behaupten, dass da jemals etwas drübergehüpft oder darin versunken oder dass überhaupt etwas passiert wäre.

Jetzt fragt der Fahrer mich irgendwas. Entschuldigen Sie, sagt er hinter der Trennscheibe. Wohin möchten Sie?

Seine Stimme klingt verstärkt, aber wie weit entfernt. Ich habe ihm schon gesagt, wo es hingehen soll. Was, wenn wir in die falsche Richtung fahren? Ich habe nicht so viel Bargeld bei mir, und schon jetzt hat sich der Kreis auf der animierten Scheibe an seinem Taxameter, auf dem alle drei oder vier Sekunden ein neues Segment aufleuchtet und jedes Mal zehn Cent fällig sind, wenn er sich vollendet hat, beunruhigend oft vollendet, dabei sind wir gerade mal in den Außenbezirken von Luton.

Ich sage ihm noch einmal den Namen der Stadt.

Ja, aber wo da?, sagt er.

Nicht weit vom Zentrum, ich sage es Ihnen, wenn wir dort sind, rufe ich an die Trennwand.

Wo genau?, sagt er. Die Straße, in der Sie wohnen. Wie schreibt die sich?

Die kennen Sie nicht, rufe ich. Sie ist sehr klein.

Sie brauchen nicht so laut zu sprechen, sagt er. Ich höre Sie.

Ohne die Augen von der Straße zu nehmen, deutet er auf eine Anzeige oberhalb seines Hinterkopfs. Wenn das Lämpchen an ist, sagt die, kann man mit dem Fahrer sprechen.

Oh, richtig, rufe ich. Spreche dann mit normalerer Lautstärke. Die Straße, in der ich wohne, ist sehr klein, sage ich, aber wenn wir hinkommen, sage ich Ihnen, wie Sie fahren müssen.

Nein, sagt er. Weil, schauen Sie.

An seinem Armaturenbrett ist ein Bildschirm angebracht, etwa so groß wie ein Taschenbuch. Er geht seinen Inhalt durch und blättert auf. Drückt ein paar Tasten.

Ich habe ihm gerade die Stadt genannt, in die wir fahren, sagt er.

Eine Stimme ertönt aus dem Schirm, die Stimme einer Frau aus der englischen Mittelschicht. *Am nächsten Kreisverkehr geradeaus weiterfahren*, sagt sie. Gleichzeitig erscheinen Wörter auf dem Bildschirm, die dasselbe aussagen.

Wir kommen zu einem Kreisverkehr. Fahren geradeaus weiter.

Also, wo genau wohnen Sie?, sagt der Fahrer.

Er tippt den Namen meiner Straße in sein Gerät ein. Mehrere Karten leuchten auf. Da wohnen Sie, ja? Ist das die Stadt, in der Sie wohnen?, sagt er. Da? Er dreht den Kopf von mir nach vorn zur Straße, wieder zu mir nach hinten und dann wieder zur Straße. Das Taxi schlingert, als er sich umwendet. Ich rutsche auf meiner Sitzbank hin und her.

Ja, sage ich.

Sehen Sie? Gut, nicht? Es kann Ihnen so ziemlich jede Strecke anzeigen. Egal, wonach Sie fragen. Wohin Sie wollen. Es sendet ein Signal an den Satelliten, und der Satellit sendet ein Signal zurück.

Er deutet auf ein kleines dunkles Kästchen, das auf der anderen Seite seines Taxis angebracht ist.

Und Sie können es sich von der Stimme ansagen oder nur die Wörter anzeigen lassen, wenn Sie die Stimme nicht hören wollen, oder beides, wenn Sie das wollen, oder auch nichts, wenn Sie keine Stimme und keine Information wollen, sagt er.

Er schaltet die Stimme an und aus, führt es mir vor. Dreht die Lautstärke hoch und runter. Er ist wesentlich jünger als ich. Es ist ein neues Taxi. In allem, was darin aus Metall ist, spiegelt sich das Licht, und die graue Innenraumverkleidung ist neu. Auf einem Sticker neben meiner Hand an der Tür steht: MADE IN COVENTRY WITH PRIDE.

Das hat achtzehnhundert gekostet, sagt er, aber das ist längst nicht alles, was es kann. Es sagt einem, schauen Sie, es sagt einem alle diese Sachen.

*Beim nächsten Kreisverkehr*, sagt die Frauenstimme, *geradeaus weiterfahren.*

Er drückt eine nach der anderen eine Reihe von Tasten.

Es sagt mir die schnellste Strecke, sagt er. Und die Strecke, die am wenigsten befahren wird. Es sagt mir genau, wie viele Meilen noch, bevor ich links oder rechts abbiegen muss. Es sagt mir die Baustellen. Sagt mir, wie viele Meilen es bis zu Ihrem Haus sind, nicht nur bis zur Stadt, sondern direkt bis zu Ihrem Haus. Und, schauen Sie, es kann mir die Strecke sagen, auf der ich Kraftstoff spare, und wenn wir in die Stadt kommen, sagt es mir genau, wie ich zu Ihrem Haus fahren muss und wie viele Yards genau es noch sind, bevor ich nach links oder rechts abbiegen muss, um das Ziel zu erreichen. Sehen Sie das Straßenschild? Was steht da?

Bedford 15 Meilen, sage ich.

Und, schauen Sie hier, schauen Sie, was steht hier?

Bedford 15 Meilen, sage ich.

Genau, sagt er. Ganz genau. Wenn wir also nach Bedford wollten, wüssten wir auch ohne Wegweiser, dass es nur noch fünfzehn Meilen bis dahin sind. Sind Sie schon mal mit so einem Taxi gefahren?

Nein, sage ich, das ist mein erstes.

Ich überlege im Stillen, ob das eine umständliche Anmachstrategie ist. Möchten Sie nach Bedford. Nicht mehr lange, sagt er, dann haben alle Taxis und wahrscheinlich alle Autos so ein Navigationssystem.

Ich heiße Wasim, sagt er. Ich gebe Ihnen meine Handynummer, und wenn Sie mal wieder ein Taxi von Luton brauchen, rufen Sie mich an, dann kann ich Sie immer vom Flughafen abholen.

Was?, sagt er, als ich ihm meinen Namen nenne. Wie schreibt sich das?

Er bemüht sich, schlau daraus zu werden.

Es klingt wie drei Wörter, nicht wie eines, sagte er.

Es ist der Name einer Insel, sage ich. Es ist ein Ort. Sie könnten ihn in Ihr Gerät eintippen und mich darauf finden.

Haha, sagt er. Aber von wo kommen Sie, wenn ich fragen dürfte?

Ich deute auf den Bildschirm. Das wissen Sie doch genau, sage ich.

Ah, sagt er. Nein, früher. Sie kommen von irgendwo anders. Das merke ich an Ihrer Aussprache.

*An der nächsten Kreuzung*, sagt die Frau mit der Mittelschichtsstimme, *links abbiegen*.

Er habe einen Cousin, erzählt er mir, der in Glasgow arbeitet. Glasgow, sage ich, ist nicht mal entfernt da, wo ich herkomme.

Ich war mal zu Besuch, sagt er. Es hat geregnet.

Er nimmt beide Hände vom Lenkrad bei einem Achselzucken, das das ganze Land um uns herum, tief in der Abendsonne, einschließt.

Ich nicke lächelnd. Lehne mich zurück.

Ist Ihnen zu warm? Soll ich die Klimaanlage anschalten? Sie sagen es mir, wenn Sie etwas brauchen, ja?

Mir geht's gut, sage ich. Vielen Dank.

Wenn Sie schlafen wollen, nur zu, sagt er. Ich wecke Sie, kurz bevor wir da sind.

Er drückt einen Schalter am Armaturenbrett. Das rote Lämpchen über seinem Kopf erlischt.

Ihr Name war Carolyn Fergusson, sie wohnte unten an der Fähre, die neue Brücke gab es da noch nicht, und ich erinnere mich an die Aushänge, die an den Schaufenstern klebten; da war ihr Schulfoto drauf, sie sah traurig aus. Gefunden hat man sie im Haus ihres Onkels in Kinmylies, in Supermarkttüten verteilt und im ganzen Haus in Schränken versteckt; ein Freund meiner Eltern, das weiß ich noch, ist vorbeigekommen und hat es ihnen erzählt, er wusste es, weil er bei der Polizei im Labor arbeitete; als sie reingingen, schlug ihnen ein entsetzlicher Gestank entgegen, obwohl der Sommer nicht annähernd so heiß gewesen war wie im Jahr zuvor; sie waren in der Küche und sprachen darüber, und ich lauschte hinter der Tür, und als sie mich bemerkten, rief meine Mutter mir zu, ich solle in den Garten gehen und die Wäsche abnehmen. I Feel Love von Donna Summer war in dem Sommer wochenlang Nummer eins und danach die Brotherhood of Man. Running away together, running away for ever, Angelo. Wenn ich die Songs jetzt höre, muss ich an damals denken. Wir durften danach bloß in den Garten raus; wir sollten immer da bleiben, wo unsere Eltern uns sehen konnten. Im Sommer darauf durften wir wieder hin, wo wir hinwollten, und was da Nummer eins war, weiß ich nicht mehr.

Neben den Tomaten in meiner Tasche ist der Klumpen der Tupperware-Dose mit der darin auftauenden Suppe; er hat sie in Zeitung eingeschlagen, damit sie kühl bleibt. Er weigert sich, auch nur eine der Tabletten zu nehmen, die sein Arzt ihm verordnet hat. War auch noch stolz darauf. Du bist dumm, sagte ich. Unsinn, sagte er, die schaden mehr, als sie nützen. Er ging mit mir hinaus in seinen Garten, deutete auf ein paar riesige Betonplatten neben dem Gewächshaus und sagte: Gleich nachher, wenn du weg bist, nehme ich die sieben

Platten hier weg und lege sie wieder auf die andere Seite des Gartens, dann kann ich den Wohnanhänger da rüberziehen, und den Gefrierschrank in der Garage will ich später auch noch ins Haus schaffen, wenn ich ihn durch die Tür kriege. Du machst Witze, oder?, sagte ich. Er hört aber auf einem Ohr nicht mehr gut, und weil er gerade mit dem schlechten Ohr zu mir stand und in die andere Richtung sah, antwortete er nicht.

Das Taxi, spüre ich, biegt links ab. In der Zeitung, die um den Suppenbehälter gewickelt ist, steht ein Artikel über die vermissten Schülerinnen, wahrscheinlich muss ich wohl deshalb überhaupt an Carolyn Fergusson denken. Der Bericht hat die drohende Kriegsgefahr auf die Seiten zwei und drei und die Auslandsseiten verdrängt. Es ist immer Sommer, wenn jemand verschwindet, als wäre das die geeignete Jahreszeit dafür, als warteten diejenigen, die Kinder verschleppen, wie Bauern oder Obstpflücker oder Herausgeber von Klatschzeitungen, bis das Wetter mitspielt. Als ich mit zwölf im Sommer abends mal zu spät nach Hause kam, als sie mich gerufen und schon in der ganzen Nachbarschaft nach mir gesucht hatten und ich es nicht hörte, waren sie so böse, dass sie mich durch die Küche schleuderten, mein Vater packte mich an dem einen Arm, sobald meine Mutter den anderen losgelassen hatte. Ich prallte von den Schrankteilen ab. Hatte überall blaue Flecken. Sie war besonders gut darin, wütend zu sein, rammte die Zinken ihrer Gabel in ein Stück Tomate auf dem Esstisch, wandte drohend den Blick von mir ab und sagte nichts, und ihr Nichtssagen war viel schlimmer, als wenn sie etwas gesagt hätte, und darum habe ich noch im Ohr, wie sie sagte:

*Ich schwör dir, Iona, es setzt gleich eine Ohrfeige.*

*Du bringst mich noch ins Grab, Kind.*

*Wenn ich nicht mehr bin, wird es dir leidtun.*

Dann kommt mir etwas in den Sinn, woran ich seit Jahren nicht gedacht habe. Sie stand am Tisch und blätterte eine Zeitschrift durch, hielt die Zeitschrift hoch und sah durch den Raum zu mir herüber. Es war Sommer. Ich saß auf der Couch und guckte mir irgendwas im Fernsehen an. Ich war siebzehn und verdrossen. Sie schwenkte die Zeitschrift in der Luft.

Ich finde, das sollten wir machen, sagte sie.

Es ging bestimmt ums Nähen oder um was Katholisches oder darum, was Frauen tun und was sie lassen sollten. Ich starrte stur auf den Fernseher, als liefe gerade etwas sehr Wichtiges.

Für einen Penny pro Stück, sagte sie, den man da hinschickt, bekommt man vier Bücher. Nur ein Penny pro Stück. Auf der Seite hier stehen alle Bücher, aus denen man sich welche aussuchen darf. Und dafür braucht man bloß ihr Buch des Monats zu kaufen. Und danach schicken die dir ein Jahr lang jeden Monat ihr Buch des Monats, aber das musst du nicht kaufen, wenn du es nicht möchtest. Die haben ganz viele Sachen, aus denen man sich für einen Penny etwas aussuchen kann. Die Gesammelten Werke von William Shakespeare. Das könntest du doch gut gebrauchen.

Was?, sagte ich, weil ich seit fast einem Jahr dafür kämpfte, dass ich Literatur studieren durfte und nicht Jura oder Sprachen, sondern etwas, womit feststand, dass ich nie einen richtigen Job haben würde. Ich seh es noch vor mir, wie ich das Zimmer durchquere, mit großen Augen und Kindergesicht oder wie jemand, dessen aussichtsloser fremder Akzent auf einmal doch verstanden worden ist, und meine Mutter, mit sich zufrieden, mir die aufgeschlagene Zeitung hinhält.

Wir bestellten die Shakespeare-Ausgabe und ein Wörterbuch, einen Thesaurus und ein Zitatelexikon. Vier Wochen später kam alles zusammen in einem Paket mit der Post, und mit dabei war das Buchklub-Buch des Monats, ein dicker Band mit dem Titel Prinzessin Anne und ihre Pferde, das voller Farbfotos von Prinzessin Anne und Pferden war. Meine Mutter hörte gar nicht wieder auf zu lachen. Dann sah sie den Preis des Buchs.

Im folgenden Monat war Buch des Monat eines über Königspaläste. Im Monat darauf ging es um das Leben einer englischen Dame zur Zeit Eduards VII. und im Monat darauf um die Geschichte der Fuchsjagd. Jeden Monat kam ein neues, über Gärten und die stattlichen Anwesen von Angehörigen des Adels, es waren immer prächtig aufgemachte, mit Farbtafeln ausgestattete, teure und unhandliche schwere Bücher, und meine Mutter, die dauernd vergaß, sie innerhalb der kritischen achttägigen Rückgabefrist zurückzuschicken, musste weiter dafür bezahlen. Sie wurden im hinteren Zimmer auf dem Fußboden unter dem Couchtisch gestapelt, und jedes Mal, wenn ich nach Ende eines Semesters heimkam, waren es mehr geworden.

Ich überlege gerade, wo die vielen sinnlosen Bücher abgeblieben sind, wo die heute sein mögen und ob sie immer noch ungelesen bei meinem Vater zu Hause herumliegen, da höre ich den Taxifahrer. Ich schlage die Augen auf. Das rote Lämpchen über seinem Kopf ist an.

Sehen Sie, wir sind schon ganz nahe, sagt er.

Im Hintergrund sagt die Stimme der Frau aus der Mittelschicht gerade, dass er in zwanzig Yards links abbiegen muss.

Gleich zu Hause, sagt er.

Gleich zu Hause, sage ich.

Vorsichtig steuert er sein Taxi zwischen den Autos hindurch, die auf beiden Seiten der schmalen Straßen bis zu meiner eigenen schmalen Straße parken. Er fährt gut.

Sie haben im Schlaf gelacht, sagt er. War wohl ein gutes Nickerchen.

Er hält vor meinem Haus. Auf dem Taxameter steht weniger, als ich befürchtet hatte. Es ist genau die Summe, die er mir im Voraus genannt hatte. Ich hole mein Geld raus, zähle es durch, will ein halbwegs anständiges Trinkgeld zusammenkratzen und möchte ihn fragen: Wer hat Sie Wasim genannt? Ihre Mutter oder Ihr Vater? Sind Sie nach jemandem benannt? Bedeutet der Name etwas? Was bedeutet er? Möchte fragen: Sind Sie verheiratet? Haben Sie Kinder? Leben Ihre Eltern noch? Sind die so alt, dass sie für irgendwas Medikamente brauchen, aber keine nehmen wollen? Sind Sie in Luton aufgewachsen? Wie war das? Wie ist es da jetzt, nachdem Vauxhall zugemacht hat und so viele ihre Arbeit verloren haben? Können wir nicht einfach irgendwohin fahren, aufs Geratewohl etwas aussuchen? Könnten wir irgendwohin fahren und erst bei der Ankunft merken, wo wir hingefahren sind? Könnten wir das Navigationssystem ausgeschaltet lassen und einfach abwarten, wo wir landen?

Ich steige aus dem Taxi aus und gebe ihm das Geld.

Danke schön, sage ich.

Ihr Buch, sagt er. Nicht vergessen.

Ich beuge mich hinein und fische es von der Sitzbank.

Jetzt schaut er auf die Uhr. Sehen Sie, sagt er. Wir sind schnell gewesen. Wir hatten gute Straßen. Wir hatten Glück.

Er schreibt seine Nummer auf die Rückseite der Quittung, und ich sage, wenn ich das nächste Mal nach Hause fahren muss, rufe ich ihn an. Er fährt bis ans Ende der Straße, biegt um die Ecke und ist weg. Ich suche meinen Schlüssel, schließe die Haustür auf, gehe hinein und mache hinter mir zu.

## Glaub mir

Ich habe eine Affäre, sagte ich.

Nein, hast du nicht, sagtest du.

Es war Sonntagvormittag. Draußen die Geräusche von Kirchenglocken und einem Rasenmäher; es war September; es würde dieses Jahr nicht mehr viele Rasenmähtage geben. Ich hatte dir Kaffee gemacht, und du warst rausgegangen, die Croissants holen, hattest dich dann wieder ausgezogen, deine Sachen auf den Boden fallen lassen und warst wieder zu mir ins Bett gekommen wie immer. Hattest die Arme um meine Taille gelegt und den Kopf an meinen Rücken geschmiegt.

Doch, sagte ich. Glaubst du mir nicht?

Du hast keine Affäre, sagtest du hinter mir.

Genau genommen nicht, du hast recht, sagte ich. Ich habe keine Affäre. Es ist keine Affäre, es ist viel mehr als das. Genau genommen bin ich verheiratet, du kennst den Mann aber nicht, und habe drei Kinder mit ihm, was du auch nicht weißt.

Ah ja, sagtest du.

Und jeden Tag, wenn ich aus dem Haus gehe und du glaubst, ich ginge zur Arbeit, gehe ich in Wirklichkeit heim zu meiner Familie.

Du gehst zu jemandem nach Hause …, sagtest du.

Na ja, es ist auch mein Haus, sagte ich.

Und da bist du den ganzen Tag? Von halb neun bis um sechs?

Es gibt viel zu tun, sagte ich. Nach dem Frühstück muss

aufgeräumt werden und gewaschen und gebügelt, die Betten gemacht und das Haus geputzt…

Hast du keine Haushaltshilfe?, sagtest du.

…und wenn sie von der Schule heimkommen, muss ich das Mittagessen fertig haben, jetzt, wo die Schule wieder angefangen hat, und dafür sorgen, dass sie pünktlich aus dem Haus gehen, und nach dem Mittagessen muss ich klar Schiff machen, sie um halb vier von der Schule abholen und hinterher sein, dass sie ihre Hausaufgaben anständig machen, und das sind nur die Tage, an denen ich nicht einkaufen und nicht nach Erics Mutter sehen muss, sagte ich.

Wer ist Eric?, sagtest du.

Zum Glück kann ich viele Lebensmittel jetzt online bestellen, sagte ich. Dadurch spare ich unglaublich viel Zeit, du würdest nicht glauben, wie viel. Ab und zu komme ich sogar dazu, mich in meinem anderen Haus mal an den Esszimmertisch zu setzen und eine Zeitschrift oder ein paar Seiten in einem Buch zu lesen.

Ich kann gar nicht glauben, dass du einen Esszimmertisch hast, von dem ich nichts weiß, sagtest du. Und dass du mich deinen Kindern nicht vorgestellt hast. Deine Kinder würde ich zu gern kennenlernen. Wie heißen sie denn?

Ben ist zwölf und kann richtig gut Ski fahren, sagte ich. Er hat voriges Jahr die Schulmeisterschaften auf dem Trockenhang gewonnen. Wir waren sehr stolz auf ihn, als er bei der Preisverleihung im Juni die Urkunde und das Buch bekam, und haben geklatscht wie sonst was. Es war gar nicht so leicht, eine Schule zu finden, die ihn versteht, aber die Parkside sagt ihm zu. Mit dem Lernen tut er sich ein wenig schwer, aber sie meinen, er holt noch auf, wir bezahlen ihm ja Nachhilfe, und Mathe mag er richtig gern, wie sein Vater.

Sein Vater mag Mathe?, sagtest du.

Na ja, mochte, in seiner Schulzeit, klar.

Aber du hast Mathe doch gehasst, sagtest du.

Gegensätze ziehen sich an, sagte ich, und dann ist da Amanda, sie ist zehn und eine richtige Tyrannin, weißt du, kommandiert die Jungs immer rum, und sie steht gern im Mittelpunkt, sie singt und tanzt, richtig gut, sie geht auch zum Stepptanz, ihre Lehrerin sagt, rhythmisch sei sie schon ganz weit vorn, und nicht mehr lange, das weiß ich, dann stellt sie die Schulzeitung ganz allein auf die Beine, aus ihr wird eines Tages bestimmt mal eine einflussreiche Journalistin, sie kann gut mit Wörtern umgehen.

Das sind erst zwei, sagtest du. Da fehlt noch einer.

Mein Nesthäkchen, sagte ich. Jonathan. Er ist sieben.

Das ist dein Liebling, sagtest du. Das merke ich daran, wie du über ihn sprichst.

Na ja, mein Jüngster halt, sagte ich.

Wie hast du es geschafft, sie so lange vor mir geheim zu halten?

Ich bin sehr verschwiegen, sagte ich.

Bei Schwangerschaften kann man nicht verschwiegen sein, sagtest du. Wie hast du drei Schwangerschaften verbergen können?

Ich hab wenig gegessen, sagte ich. War sehr vorsichtig. Ich hab sogar abgenommen, als ich schwanger war. Außerdem, du weißt doch, muss ich von der Arbeit aus manchmal zu Konferenzen fahren.

Was, etwa wenn du mal für ein verlängertes Wochenende weg bist?, sagtest du.

Erinner dich mal an die eine, die vor zehn Jahren auf Hawaii war …, sagte ich.

Die vierzehn Tage gedauert hat und von der du mit Jetlag zurückgekommen bist?, sagtest du.

Schwangerschaftsbeschwerden, sagte ich. Amanda. Sie lag verkehrt herum. Sie wollten mich mit Kaiserschnitt entbinden, aber das habe ich abgelehnt.

Du wolltest keine Narbe an deinem reizenden Unterleib, sagtest du.

Genau, sagte ich. Wie hätte ich dir die erklären sollen?

Aber du hattest mir doch ein T-Shirt mitgebracht, das mit I love Honolulu drauf?

Da musste ich ein bisschen organiseren, aber das ist ja meine Stärke, sagte ich.

Und wie lange führst du dieses Doppelleben schon?, sagtest du.

Och, erst seit dem Tag, an dem du und ich uns kennenlernten.

Was, die ganze Zeit?! Die vielen Jahre?

Ich hab meinen Mann Eric genau am selben Tag kennengelernt wie dich, sagte ich.

Er heißt Eric?

Ja, er heißt Eric. Was ist damit? Warum lachst du? Ich hoffe, du lachst nicht über den Namen Eric?

Eric ist ein echt blöder Name, sagtest du, sogar für eine Phantasiegestalt.

Eric ist keine Phantasiegestalt. Er ist mein Ehemann. Und wenn du Eric persönlich kennen würdest wie ich, würdest du den Namen nicht blöd finden.

Und ist Eric dabei so gut wie ich?, sagtest du unter der Decke hervor, wo du meinen Bauch abwärts mit Küssen überzogst und mit den Armen erst unter und dann über meine Schenkel fuhrst, um mich niederzudrücken.

Ich kann euch nicht vergleichen, sagte ich, als wir aufgetaucht waren und, nachdem du mich geliebt hattest, wieder gleichmäßig atmeten. Wie sollte ich auch? Eric ist mein Mann. Du bist meine Geliebte. Ihr erfüllt unterschiedliche Bedürfnisse und Rollen.

Du enttäuschst mich, sagtest du beim Aufsetzen. Du bist so unradikal.

Unradikal ist kein Wort.

Na hör mal, sagtest du. Du hast die Chance, ein anderes Leben für dich zu erfinden, und was machst du daraus?

Was soll das heißen, erfinden?, sagte ich. Ich erfinde nichts.

Du hättest alles sein können, sagtest du, alles auf der Welt. Eine … Superheldin, oder du hättest für den MI5 arbeiten können oder für die Regierung.

Was? Ich, lügen?, sagte ich.

Du hättest Fassadenkletterin sein können oder ausgerissen sein, dich einem Zirkus angeschlossen haben, wo du die Elefanten dressierst und ihnen beibringst, die Beine auf Strandbälle zu legen, oder, ich weiß nicht, jemand, der mit den Reichen und Schönen auf Du und Du ist und Kim Basinger geholfen hat, mit sich ins Reine zu kommen, und den einen Mann, den sie im Fernsehen gebracht haben, aus dem Gefängnis geholt und ihm einen Platz im Drogenentzug besorgt hat …

Welchen Mann?, sagte ich.

Den Namen weiß ich nicht, sagtest du, er kam ins Gefängnis, er war in der Sendung mit der dünnen Frau.

Was für einer dünnen Frau?

In der Fernsehsendung, die ich nicht leiden kann, sagtest du. Vergiss ihn. Ich meine doch nur. Du hättest bei den Vereinten Nationen Entscheidendes zur Friedenssicherung beitragen können. Die Ärztin sein, die es sich zur Aufgabe gemacht hat, zu erforschen, wie man BSE bei Menschen heilen kann, bevor es uns ereilt. Aber nein. Verheiratet, drei Kinder. Und, um das Maß voll zu machen, eine Schwiegermutter.

Ich sag's dir, sagte ich. Elaine ist eine richtige Nervensäge.

Wer ist Elaine?

Meine Schwiegermutter, sagte ich, und du würdest nicht glauben, was für Lügen sie Er über mich erzählt.

Wem erzählt?

Er, sagte ich. Kurzform für Eric.

Du fluchtest und schlugst mit beiden Händen auf die Decke. Wenn das noch lange so geht, dreh ich durch, sagtest du.

Ich auch, wenn sie ihm noch mehr solchen Stuss auftischt von wegen, ich wäre eine verkappte Alkoholikern, die den ganzen Tag zu Hause an der Flasche hängt, sagte ich. Bestimmt ruft sie ihn abends an, wenn ich nicht da bin, und hetzt ihn auf. Bestimmt hat sie ihm gesagt, ich hätte eine Affäre, und macht ihm die Hölle heiß, dass er die Kinder nehmen und mich verlassen soll. Allerdings würde Er ihr nicht glauben.

Nein, sagtest du, denn er vertraut dir, nicht?

Na ja, ich will nicht angeben, aber wir kennen einander sehr gut, sagte ich. Trotzdem, als ich das letzte Mal einen Blick auf den Whisky-Dekanter geworfen hab, ich schwör's dir, das war nicht bloß Staub, da war außen ein feiner Strich gezogen, mit Kreide, als Markierung. Und du weißt ja, wenn man das Telefon abhebt und so ein leises Klicken hört …

Das leise Klicken, das bedeutet, es hört jemand mit, wenn du sprichst?, sagtest du. Meinst du dieses leise Klicken?

Genau das. Daran siehst du, was das für eine ist. Sie konnte mich noch nie leiden. Von dem Tag an, an dem ich ihn geheiratet habe.

Und mit dir bin ich im Bett, ich glaub's ja nicht, sagtest du. Du bist so was von einem Klischee, das kann nicht wahr sein.

Doch, ist es, sagte ich. Alles. Du weißt doch, ich lüge nie.

Und wo vermuten Eric und Ben und Amanda und Jonathan und Elaine dich jetzt?, sagtest du. Was glauben sie, wo du jede Nacht bist und jedes Wochenende, zu Weihnachten und zu Ostern und an den gesetzlichen Feiertagen?

Ich bin eine vielbeschäftigte Frau, sagte ich. Ein modernes Mädchen. Ich muss mein eigenes Leben leben, das wissen sie.

Ich frage mich gerade ..., sagtest du.

Was?

Dein Eric? Wie sieht er aus?

Warum?

Sei nicht so misstrauisch, sagtest du. Hat er vielleicht einen kleinen Schnurrbart?

Oh, nein, nicht mein Er.

Ja, richtig, sagtest du. Hat meiner auch nicht. Wird er langsam kahl und legt etwas zu?

Absolut nicht, sagte ich. Mein Er ist in der Blüte seiner Jahre.

Das dachte ich mir.

Was soll das heißen? Und was soll das heißen, deiner hat auch keinen Schnurrbart?

Ich muss dir etwas sagen, sagtest du.

Was?

Ich habe eine Affäre.

Nein, hast du nicht.

Mit einem Mann namens Eric. Nach deiner Beschreibung glaube ich ziemlich sicher, dass es derselbe Eric ist.

Mein Eric?

Na ja, es ist auch mein Eric.

Das kann nicht sein.

Ich kenne Ric seit unserer Kindheit, sagtest du. Wir waren in der Schule zusammen. Ich weiß noch, dass er Mathe mochte. Wir sind zusammen aufgewachsen, doch dann haben sich unsere Lebenswege getrennt. Er ist jetzt verheiratet und hat Familie.

Du kannst dir nicht einfach mein anderes Leben aneignen, sagte ich.

Wir treffen uns tagsüber, wenn seine Frau glaubt, er wäre auf Arbeit, sagtest du. Elaine, seine Mutter, sie ist ja schon älter, war eine Freundin meiner Mutter, weißt du, die beiden haben in der Siedlung mit den Sozialwohnungen, in der wir wohnten, immer zusammen hinten an der Tür gestanden und Zigaretten geraucht und gelacht …

Ah, na also. Mein Er ist nicht in einer Sozialwohnung aufgewachsen, sagte ich.

Ric vertuscht das, weil er sich immer für seine Herkunft geschämt hat, sagtest du. Bei ihm steht alles auf tönernen Füßen, er lebt eine Lüge.

Was soll das denn heißen?

Na ja, seine Frau zum Beispiel, sagtest du.

Was ist mir ihr?, sagte ich.

Ich mach mir Sorgen um sie. Der Mann hat eine Affäre, und sie ist den ganzen Tag allein zu Hause, hängt an der Flasche oder bei diesen grässlichen Kindern fest. Der Älteste ist ja praktisch schon kriminell …

Er ist was?

Ständig ist was mit der Polizei oder mit dem Jugendamt, sagtest du, und die Schwester ist nicht besser, gerade mal zehn und wollte schon bei Oddbins eine Flasche Wodka mitgehen lassen, wurde natürlich prompt erwischt, und als die Polizei sie nach Hause gebracht hat, haben die Beamten gesagt, solche unflätigen Reden hätten sie aus dem Mund eines Kindes noch nie gehört. Sie ist in ihrem Ballett-Tutu aus dem Auto gestiegen und hat die Beamten mit Flüchen belegt, ich schwör's dir, davon waren sogar mir einige neu, so obszön waren die. Und der Kleine erst. Das »Nesthäkchen«, wie sie ihn nennen.

Was ist mit ihm?

Na ja, der Jüngste halt. Mutters Liebling, weißt du. Er ist ihr wie aus dem Gesicht geschnitten. Von seinem Vater hat der gar nichts. Weil, um ehrlich zu sein, das Problem an meiner Beziehung zu Ric...

Ist?, sagte ich.

Na ja, wenn wir uns die Wahrheit eingestehen müssten, sagtest du.

Mh, was wäre dann?

Dann müsste ich zugeben, sagtest du, dass ich nur aus einem Grund noch bei ihm bin. Wegen seiner Frau.

Wegen seiner Frau?

Sie ist wunderschön, sagtest du. Ganz reizend. Ehrlich gesagt bin ich unsterblich in seine Frau verliebt. Ich hab Ric bloß deshalb noch nicht den Laufpass gegeben, damit ich in ihrer Nähe sein kann. Die Frau hat unglaubliches Potenzial. Bestimmt ist sie jemand, der noch viel mehr aus sich machen könnte.

Wenn sie die Möglichkeit hätte, sagte ich.

Ganz genau, sagtest du.

Wir liebten uns. Der ganze restliche Vormittag ging darüber hin und dann der halbe Nachmittag. Es begann damit, dass du meine Schenkel auseinanderdrücktest, so sacht und so bestimmt, dass ich vor Verblüffung mitten im Satz stockte, ich holte Luft, und du schobst dich zwischen sie und zogst mit der Zunge die feine Haarlinie nach, die von meinem Bauch zu meiner Leiste führt, schobst dich dann hoch und ganz auf mich, küsstest mich hemmungslos, nach allen Regeln der Kunst, du kennst mich ja in- und auswendig, und dann ich auf dir, ich kann ja in dir lesen wie in einem Buch, und ein geliebtes Buch hat, wenn es etwas taugt, die Eigenart, dass es sich verändert wie Musik; man glaubt es zu kennen, hat es viele Male gelesen, natürlich kennt man es, das ist ja gerade das Schöne daran, man kennt es so gut, aber dann hört man im Hintergrund etwas, was man in dem Buch noch nie gehört hat, und entdeckt beim Umblättern einer Seite eine Kombination von Wörtern, die einem noch nie aufgefallen ist, man glaubte dieses Buch zu kennen, und es haut einen wieder um, weil es noch mal ein ganz anderes Buch ist, und nicht nur das, sondern man selbst ist auch ein anderer geworden und liest es nun, als anderer, noch mal, und du, mein Herz, bist für mich ein vorzügliches Buch, und dann wir beide zusammen, wofür man schon eine gewisse rhythmische Begabung braucht, aber zum Glück sind wir ziemlich begabt darin, einander zu lesen.

Wir liebten uns den ganzen Vormittag und den halben Nachmittag. Die Stunden vergingen. Die Blätter an den Bäumen draußen zogen sich ein wenig zusammen; ihr Grün war das satte erschöpfte Grün des anbrechenden Herbstes. Es war ein Sonntag im September. Davon gab es nur vier. Die Wolken standen hoch am Himmel, und die Schwalben waren noch einen Monat da, bevor sie in den Süden zogen, bevor sie nächsten Sommer wiederkamen.

## Schottische Liebeslieder

Violet fand keine Ruhe vor der Dudelsackband. So viele stämmige Männer in voller Montur waren noch nie bei ihr zu Hause gewesen, und nicht einer brauchte etwas zu essen. Sie schwenkten mit ihren Kilts durchs Wohnzimmer, schabten mit den langen Röhren ihrer Pfeifen an der Decke und stießen mit ihren schiefen Bärenfellmützen gegen Türrahmen und Schabracken. Sie rissen Nippes herunter. Ließen den Dekanter und die Gläser in der Vitrine erzitten. Marschierten treppauf und treppab und verschoben den Läufer im Flur oben. Sie brachten die Schlafzimmervorhänge durcheinander, und hinterher hingen die Bilder schief.

Sie kamen zu allen Tag- und Nachtstunden und spielten immer dieselbe Melodie. Das ganze Haus bebte davon. Es bebte sogar noch, wenn sie wieder fort waren. Violets Hand zitterte, als sie sich bückte, langsam, denn sie hatte Schmerzen beim Bücken, und alles wieder aufhob, das Rotkehlchen, die Buchfinken auf ihrem Ast, das junge verliebte Pärchen auf beiden Seiten des Bords über der Tür, und an seinen Platz zurückstellte. Violet stieg die Treppe hinauf, spürte das Knarzen unter den Füßen, hörte das Knarzen aber nicht. Sie rückte die Bilder gerade. Sie sah ihr Spiegelbild im Glas des Bilds mit den Vögeln auf dem Wasser. Sie sah zehn Jahre jünger aus. Schau an, schau an, sagte sie laut für sich. Doch es war, als spräche sie neben einem Wasserfall, sie hörte nichts außer der Melodie, die ihr unablässig im Kopf herumging. Die war traurig. War gut. War, was man mitreißend nennen würde. Im Flur bückte sie sich und zog den Läufer gerade. Dann richtete sie sich wieder auf und ging die Treppe hinunter.

Ein fremdes Mädchen kam auch regelmäßig zu Besuch. Das Mädchen kam mit dem Bus bis raus zu ihr nach Dalston. Es war jung und noch unverheiratet und hatte darum nichts Besseres zu tun. Es brachte Violet immer einen Kuchen oder eine Schachtel Kekse aus den teuren Geschäften von da mit, wo es wohnte; zweifellos ein Mädchen, das Hunger nie erlebt hatte. Schon stand es wieder auf Violets Schwelle.

Was willst du jetzt schon wieder?, sagte Violet.

Das Mädchen war eine Pest. Es war eine kostenlose Seniorenbetreuung. Es hatte die gute reine Haut und die Hübschheit der Wohlsituierten. Violet verstand sowieso kein Wort von dem, was es sagte.

Sie setzten sich an den Kamin im Wohnzimmer.

Du tust dir keinen Gefallen, wenn du die hier drin anlässt, rief Violet.

Das Mädchen zog die Jacke aus.

Nachher wirst du frieren, rief Violet und schaltete noch einen Heizstab zu.

Das Mädchen zog auch den Pullover aus. Es war jung und erwärmte sich leicht. Es ging in Violets Küche hinüber, kochte eine Kanne Tee und brachte sie auf dem Tablett nebst Tassen und Tellern und den Sachen aus den teuren Geschäften herüber.

Das Mädchen und die Dudelsackband waren nicht Violets einzige Besucher. Bei Bedarf konnte sie den Arzt um einen Hausbesuch bitten, wenn sie ins Telefon schrie. Ihre Tochter kam auch mehrmals im Monat vorbei, manchmal mit Mann und manchmal ohne. Wenn sie allein kam, las sie die Immobilienseiten der Lokalzeitung oder wanderte im Haus herum, hob Sachen hoch, sah sie sich an und stellte sie wieder hin. Violet sah ihr dabei zu, wie sie auf der anderen Seite des Zimmers saß und die Gläser in der Vitrine zählte. Kristall erkennt man, wenn man mit dem Finger dranschnipst. Das hatte Violet ihr gezeigt, als sie noch klein war. Nach Violets Hochzeit war das Haus immer voller Gläser. In den Sechzigern und Siebzigern hatte man viel farbiges Glas. Ich wünschte, sie würde jetzt aufstehen, die Vitrine aufmachen und mit dem Zeigefinger ans Kristall schnipsen, dachte Violet, schloss die Augen im Nachklang des endlosen Lieds und stellte sich vor, wie ihre Tochter sich vom Stuhl erhob, die Glastür zur Seite schob, sich für ein Weinglas entschied, es herausnahm, ohne an die anderen zu stoßen, es am Stiel fasste und sich ans Ohr hob wie die Gabeln, mit denen man Klaviere stimmte, den Finger vorstreckte und es sacht anschnipste, nur zur Probe, ob es stimmte. Aber als sie die Augen aufschlug, hatte ihre Tochter sich kein Jota bewegt. Jetzt beäugte sie den Servierwagen neben der Vitrine. Deutete darauf. Ihr Mund bewegte sich. Sie sagte etwas.

Kannst du haben, sagte Violet und machte eine Handbewegung, als verscheuchte sie eine Fliege. Nimm ihn, er gehört dir.

Ihre Tochter war jetzt mit jemandem verheiratet, dessen Arbeit es war, Sachen in seiner Garage zu bauen. Jedes Mal, wenn Violet sie besuchen musste, war er in der Garage und baute Sachen. Jedes Mal, wenn er mit zu Violet kam, stand er geduldig an der Tür oder saß geduldig auf seinem Stuhl, während sie mehr zu Violet sagte, als wenn sie allein kam. Aber Violet hätte eh nichts gehört, sie hatte nur noch Dudelsack in den Ohren, leiser, wenn die Band nicht im Haus war, lauter, wenn doch – nicht dass ihre Tochter oder der Ehemann je Notiz davon genommen hätten; sie waren taub und blind dafür, und vorigen Mittwoch waren die Musiker, die trotz ihrer schmucken Sporrans und Strumpfbänder aussahen, als hätten sie ein, zwei Kriege überstanden, direkt unter der Nase der beiden in der kleinen Küche beim Spiel ihre Achten abgelaufen, eine prächtige Kulisse für die zwei, die sich über den Küchentisch beugten und den Handzettel der Lebensversicherung studierten, den jemand in Violets Straße durch die Türen geschoben hatte. Violet hatte direkt lachen müssen und in die Hände geklatscht. Tochter und Ehemann hatten verstohlene Blicke gewechselt. Für sie war Violet alt und verrückt. Violet zeigte auf die beschädigten Verzierungen an der Anrichte. Guckt mal, rief sie. Sie lasen wieder den Handzettel. Man bekam 80 000 £, wenn man starb.

Violet kam blinzelnd zu sich. Nicht ihre Tochter saß heute auf dem Stuhl, sondern dieses Mädchen. Es war schon den ganzen Nachmittag da und war noch so jung, dass es die Beine auf dem Stuhl unter sich ziehen konnte wie eine Katze, die hier zu Hause war. Violet wusste nicht, warum das Mädchen hier war. Es war schon oft zu Besuch da gewesen, aber Violet wusste nicht einmal, wie es hieß.

Das Mädchen merkte, dass Violet herübersah. Es zog die Beine unter sich hervor. Richtete sich auf.

Warst du da mal?, sagte Violet.

Das Mädchen verstand nicht.

Ich sagte Kanada, sagte Violet lauter. Warst du schon mal in Kanada?

Das Mädchen schüttelte den Kopf.

Noch nicht bei den Wasserfällen?, sagte Violet. Ein reiches

Mädchen wie du, das auf der Welt hinfahren kann, wohin es möchte?

Das Mädchen lächelte.

Oh, ich kann dir sagen. Das Tosen dieser Wasserfälle ist so laut wie nichts sonst. Man hört sie meilenweit. Wir waren noch Meilen entfernt und haben sie schon gehört. Als wir direkt am Rand stehen blieben, konnte ich gar nichts hören. Ich kann also behaupten, dass ich ein Weltwunder gesehen habe. Ich kann auch behaupten, dass ich ein Weltwunder gehört habe. Wie viele können das von sich sagen? Von den vielen Millionen Menschen, die es auf der Welt gibt. Neunzehndreiundfünfzig. Die hatten ein Haus da für Tanzabende. Verstehst du?

Das Mädchen nickte.

Ich hätte eine andere sein können, sagte Violet. Auf der anderen Seite der Welt.

Der Mund des Mädchens ging auf und bildete die Form eines Ja.

Du solltest gehen, sagte Violet.

Das Mädchen nickte und räumte die Teller und Tassen auf das Tablett.

Nein, ich meine nicht jetzt, ich meine, dahin, nach Kanada, nach, wie heißt es noch?, sagte Violet.

Das Mädchen lächelte und sah auf seine Armbanduhr. Es hob das Tablett hoch, und die Sachen rutschten alle auf eine Seite. Sie konnte mit einem Tablett nicht umgehen. Violet sah zu, wie das Geschirr unhörbar klirrte, als ein Stück ans andere stieß, hatte aber nur das Geräusch im Ohr, das die oben machten, das Geräusch, das Luft produzieren konnte, die aus einer ledernen alten Lunge drang, ein Geräusch in Form eines Lieds, das einen ins Herz traf. War es Leder, woraus die

Luftsäcke des Dudelsacks gemacht wurden? Violet wusste es nicht. Es war jedenfalls mühsam. Das musste man können. Sie spielten irgendwo in der Nähe, oben drüber, direkt oberhalb im Schlafzimmer vielleicht oder vielleicht oben auf dem Dachboden, wo die Schachteln mit den Fotos drin und haufenweise Sachen standen, die Violet nie wieder sehen würde. Die konnten sie in die Ecken schieben, wenn sie mehr Platz haben wollten. Konnten alles in Unordnung bringen, wenn sie lustig waren. Violet war es egal.

Das Mädchen war ins Wohnzimmer zurückgekommen. Zog seinen Pullover an. Seine Zeit in Violets Haus war rum.

Meine Tochter heißt Jean, sagte Violet. Ich hab sie nach Jean Simmons genannt. Dir wird Jean Simmons nichts sagen.

Der Pferdeschwanz des Mädchen kam oben aus dem Pullover hervor.

Jean Simmons, das war eine Schauspielerin, sagte Violet.

Das Mädchen sagte etwas. Es fuhrwerkte in der Tasche seiner Jeans herum und zog etwas heraus. Es war ein kleines Buch, so groß wie seine Hand. Das Mädchen klappte es in der Mitte auf. Die Seiten waren leer. Das Mädchen angelte einen Stift aus der anderen Hosentasche, schrieb etwas auf und zeigte es Violet. Violet nahm das Buch und hielt es sich unter die Augen. Das Mädchen hatte ihr aufgeschrieben, von wo sie war. Violet hatte da einmal viele Häuser von innen gekannt. Sie hatte für Leute, die Geld hatten, geputzt. In den Häusern dort wohnten jetzt bestimmt überall andere Leute.

Das, wovon ich dir eben erzählt habe, sagte Violet. Mir fällt der Name nicht ein.

Das Mädchen nahm das Buch wieder an sich und schrieb noch mal was. Violet schielte von der Seite darauf; unter dem

Wort Chelsea stand: Kanada. Violet schob das Buch mit der Hand des Mädchens von sich.

Nein, sagte sie. Die Stadt, wo das Wasser ist. Der Name fällt mir nicht ein.

Das Mädchen schrieb noch etwas. Es zeigte Violet die Seite, zwei Wörter und ein Fragezeichen. Niagara Falls?

Genau, sagte Violet. Das ist es. Niagara. Direkt an der Grenze und das viele Wasser. Oben ganz glatt wie beim Kochen auf kleiner Flamme, und dann stürzt es hinunter. Es wird bis heute noch so sein. Wenn man es sieht, kann man nicht glauben, dass sich da welche in einem Fass über den Rand haben treiben lassen und es überlebt haben oder dass welche ins Wasser gestürzt sind und noch gelebt haben, als sie unten ankamen, aber es gab welche, einige jedenfalls. Nicht alle. Du, sagte sie. Hör mal. Sie fasste das Mädchen am Arm, weil es wieder auf seine Uhr gesehen hatte.

Was, sagte der Mund des Mädchens, oder wann oder warte.

Violet richtete sich so gerade auf, wie sie konnte. Sie hustete. Schluckte. Musste sich räuspern. Sie wartete ab, bis ihre Jungs oben wieder am Anfang ihres lebhaften Klagelieds angekommen waren. Tippte mit dem Fuß mit, um sich einzuzählen, und sang dem reichen Mädchen das Lied vor.

Chelseas Freundin Amanda war Chelsea mitten in der Nacht im Traum erschienen und hatte nichts an. Es war nicht der einzige Traum dieser Art, den Chelsea hatte. Sie ging durch die belaubten Straßen mit den weißen Häusern (Chelsea wohnte in Chelsea) und dachte fest an andere Dinge. Dachte über Aerodynamik nach. Über die Anteile von Stickstoff und Sauerstoff in der Luft. Über Mrs Waterman, die die ganze Zeit schrie, als schreie sie über eine Schlucht hinweg. Sie dachte, dass auf der anderen Seite der Welt jetzt Frühling war, dass der Winter dort drüben vorbei war und hier, in dieser unnatürlichen Wärme, demnächst anfangen würde. Es war viel zu warm für die Jahreszeit. Sie überlegte, was passieren würde, wenn die Erderwärmung das Klima weiter aus dem Gleichgewicht brachte. Sie dachte an den Teich in der Mitte des Hyde Park. Daran, dass Mikroben im Wasser atmen. Dass Amanda Mikrobiologin war. Einmal hatte sie Chelsea eine SMS mitten aus einem Fluss geschickt: STEH MITTEN IM TAY VON KOPF BIS FUSS SCHUTZANZUG!! VIELE GRÜSSE DIR + VIELE LEBENSFORMEN. Das war im vorigen Jahr, als Amanda noch hier war. Ohne was an saß Amanda mit übergeschlagenen Beinen auf ihrem Futon und sah zu Chelsea herüber. Chelsea war mitten in der Nacht nass aufgewacht und hatte das Wort nein gesagt. Troposphäre Tropopause Ozonschicht Stratosphäre, dachte sie, als sie die Tür des Feinkostladens aufdrückte. Der Feinkostladen war sehr gut. Er hatte einen ausgezeichneten Ruf. Stratopause Mesosphäre Mesopause Thermosphäre Aurora. Die Atmosphäre hatte eine Struktur. Chelsea kannte die Namen aller ihrer Schichten.

In dem Feinkostladen stellten sich viele Männer in Kilts hinter Chelsea in die Schlange. Als sie das Geschäft verließ, gingen sie auch. Sie waren direkt hinter ihr. Chelsea blieb mitten auf dem Gehweg stehen und wandte sich um. Sie schmetterten ihr ihre Musik entgegen. Chelsea lachte höflich. Die Männer waren über und über mit Schlamm bespritzt, waren zwar großartig herausgeputzt, sahen aber trotzdem aus, als hätten sie im Freien übernachtet.

Chelsea schaute nach, ob sie Kleingeld im Portemonnaie hatte. Legte ein paar Pfund auf den Gehweg neben den Schnallenschuh eines Mannes und signalisierte ein Danke.

Der Mann sah darüber hinweg. Er sah mehr als darüber hinweg, sondern würdigte das Geld keines Blickes. Er war beleidigt. Vielleicht waren sie offizieller, als es den Anschein hatte. Vielleicht hatten sie etwas mit dem Victoria & Albert zu tun.

Sie marschierten jedoch quietschend und jaulend am Eingang des Museums vorbei und folgten ihr durch die ganze Brompton Road. Chelsea wechselte in einen leichten Trab. Rannte dann richtig. Sie wich Touristen aus und lief zwischen den schnell heranbrausenden Autos hindurch auf die andere Straßenseite. Verdrückte sich ins Harrods. Der Türsteher hielt die Tür auf. Die durften da sicher nicht hinein. Sie kamen aber trotzdem, folgten ihr weiter, machten weiter den grässlichen Lärm. Niemand von der Security unternahm etwas dagegen. Sie folgten Chelsea durch die Lebensmitteletage. Durch die Schmuckabteilung. Chelsea machte kehrt und sie auch; sie drängten sich nach ihr auf die Rolltreppe. Sie sah geradeaus, ganz unschuldig, starrte vor sich hin, eine Hand auf dem fahrenden Handlauf. Sie aber zogen quietschend und kreischend, bellend und brüllend, wiehernd und i-aend durch die Buchabteilung, dann die Spielwaren und die Lederwaren. Sie folgten ihr die Treppe hinunter und aus dem Laden hinaus, als wäre sie ihre Kapellmeisterin. Stapften hinter ihr her in die U-Bahn-Station Knightsbridge, wo Chelsea sie abschütteln konnte, indem sie sich durch die Gepäckschranke duckte.

Der Zug fuhr zum Flughafen. Sie setzte sich auf den ersten freien Platz, den sie fand. Hielt den Atem an. Die kramten oben sicher noch nach Wechselgeld für die Fahrkartenautomaten, waren noch damit beschäftigt, sich mit ihren Uniformen und Instrumenten durch die automatischen Sperren zu zwängen. Der Zug fuhr ab. Ein Mann gegenüber las seine Zeitung. Eine Frau neben ihm starrte ins Leere. Chelsea machte den Karton auf und schaute nach, ob das Sushi noch in Ordnung war. Machte den Karton zu und schloss die Augen. Der Zug fuhr in den nächsten Bahnhof ein, und als die Türen aufgingen, hörte Chelsea das metallische Jaulen der Band, das aus dem Waggon hinter oder vor ihr kam. Die Türen gingen zu. Der Mann las seine Zeitung, als sei nichts geschehen. Die Frau starrte vor sich hin ins Leere. Eine andere Frau starrte ins Leere. Eine Frau weiter vorn im Waggon las eine Zeitung. Eine andere las ein Buch. Ein paar Leute standen, im Rhythmus des Zugs schwankend, an der Tür. Zwei Touristen in Shorts stützten sich auf einen Rucksack. Chelsea betrachtete den schmutzigen Boden. Das Linoleum mit den grau-weißen Sprenkeln zu ihren Füßen sah aus wie ein getürkter Sternenhimmel. An jeder Haltestelle gingen die Türen auf, Leute stiegen aus und andere ein, und der Lärm, den die Band hinter ihr oder vor ihr machte, schallte vom Zug in das Tunnelnetz hinein.

Bis nach Heathrow und zurück spielten sie immer wieder ein und dasselbe Lied und folgten Chelsea anschließend aus der Tube hinauf und, nach wie vor spielend, die Straße entlang.

Möchte jemand von Ihnen vielleicht mal eine Tasse Kaffee oder Tee?, fragte Chelsea nach ein paar Stunden abermals.

Die Dudelsackbläser hatten sich zum Spielen im Kreis um den Couchtisch in der Diele aufgestellt. Hier standen sie, seit sie sich durch die Haustür gekämpft hatten. Die Tür stand immer noch sperrangelweit offen. Ihre Brustkästen hoben und senkten sich beim Einatmen und Verbrauchen der Luft. Sie atmeten jeder in seinem Rhythmus, spielten aber alle dasselbe Lied. Die mit Tartanstoff geschmückten Teile der Pfeifen, die an ihren Schultern lehnten, ragten hervor wie dünne Äste. Es sah aus, als wäre auf dem Boden der Wohnung ihrer Mutter mit einem Mal ein Wäldchen aus krummen und schiefen atmenden Bäumen gesprossen. Mit ihnen zu reden war so sinnlos, als redete man Bäume an. Kann ich Ihnen etwas anbieten?, hatte Chelsea gefragt. Haben Sie vor, länger zu bleiben? Wo haben Sie sonst schon gespielt? Ist jemand von Ihnen weit gereist? Ist jemand von Ihnen schon mal in Australien gewesen? Ich war vor kurzem dort, habe einige Zeit in Melbourne verbracht, kennt jemand von Ihnen Melbourne?

Die Männer hatten da genauso über sie hinweggesehen, wie sie es jetzt taten. Ach, verflucht, dachte Chelsea. Ihr war etwas bange davor, dass sie vielleicht etwas Unerfreuliches taten, wovon der Teppich und die Wände schmutzig wurden, und dass sie alles saubermachen musste. Aber sie war ein höflicher Mensch und sagte laut nur: Ich habe auch verschiedene Sorten Früchtetee. Oder ich könnte eine Flasche Wein aufmachen. Kann ich irgendjemandem etwas zu essen bringen?

Die guckten sonst wohin, aber nicht sie an. Wenn überhaupt, schauten sie herablassend drein. Ihre Wangen füllten sich mit Luft, leerten sich nach und nach und füllten sich wieder neu. Jeder Atemzug ging in die Dudelsäcke, die allmählich Lebewesen zu ähneln begannen; mit langer Schnauze und unerbittlich, drei Beine in der Luft, waren sie wie in einer Metzgerei zum Schlachten aufgereiht; ließe man sie auf den Boden herunter, würden sie, das war Chelsea klar, in blinder Panik umhertrippeln, entsetzlich schief, würden ersticken wie Meerestiere im falschen Element.

Sie drückte die Haustür zu; ihre Angeln hatten sich durch den gewaltsamen Zutritt verzogen. Sie ging in die Küche und machte sich einen Tee. Stocherte in dem Sushi herum, das noch in seinem Karton war. Sie hatte keinen Appetit. Draußen regnete es und wurde zeitig dunkel. Sie stand in der Küche, an den Frühstückstresen gelehnt, und versuchte, ein Buch zu lesen, konnte sich aber nicht konzentrieren; der Lärm, den die veranstalteten, war ungeheuerlich. Sie schaltete das Radio ein, der Lärm übertönte es aber. Sie schaltete wieder aus. Schaltete den Fernseher ein und dazu Videotext, um die Untertitel zu haben, die gab es aber nur auf Kanälen, die sie nicht sehen wollte. Sie schaltete wieder aus.

Sie ging in die Diele.

Sagte: Bitte hören Sie auf.

Die Dudelsackspieler atmeten weiter feste ein.

Ihr Mistkerle, sagte sie. Verschwindet aus dem Haus meiner Mutter.

Sie schnauften. Bliesen. Wichen ihrem Blick aus. Ihr Ausweichen war verächtlich.

Chelsea erwog, beim Sozialamt anzurufen und sich zu erkundigen, was jemand tun sollte, in dessen Haus sich eine Gruppe heruntergekommen aussehender Menschen aus einem fremden Land einnistete. Sie wusste aber nicht, welche Abteilung sie verlangen sollte, und rief stattdessen ihre Mutter an, die in einem Hotel in Helsinki war.

?, sagte ihre Mutter.

Ich versteh dich ganz schlecht, sagte Chelsea.

Du hast mich geweckt, sagte ihre Mutter. Um die Zeit, Himmel. Was willst du?

Was?, sagte Chelsea.

Was?, sagte ihre Mutter. Die Verbindung ist schlecht. Ich versteh dich ganz schlecht.

Du musst lauter sprechen, sagte Chelsea.

Ist irgendwas?, sagte ihre Mutter.

Chelsea hielt das Telefon von sich weg in die Höhe und drehte es in Richtung Diele, wo der Lärm war. Sie hielt es zehn Sekunden lang so und drückte es sich dann wieder ans Ohr.

Hallo?, sagte ihre Mutter. Hallo hallo hallo?

Hallo?, sprach Chelsea in den Hörer.

Ich sagte, wolltest du etwas Bestimmtes?, sagte ihre Mutter.

Vergiss es.

Was?

Schon gut, sagte Chelsea.

Hier ist alles in Ordnung, sagte ihre Mutter. Ich melde mich, wenn ich etwas brauche. Denk daran, die Rechnung für den Bodenpfleger zu bezahlen, es macht 163 £, nimm es vom Bargeld. Die Anzüge deines Vaters müssen bei Arcadia abgeholt werden, meine Sachen auch, von mir sind insgesamt sieben verschiedene Teile dort, frag ihn vorher noch mal, wie viele Anzüge es sind. Und könntest du Maria bitten, die Regenrinnen zu säubern?

Ist gut, sagte Chelsea. Sie wusste nicht recht, wovon ihre Mutter sprach. Vermutlich von den Sachen, die sie schon alle aus der Reinigung geholt hatte. Liebe Grüße, sagte ihre Mutter unhörbar in dem Hotel in Finnland. Tschüs, sagte Chelsea in der Wohnung in London. Sie legte auf. Hob den Hörer ab, wählte, drückte ihn sich so fest ans Ohr wie nur möglich, steckte den Zeigefinger in die Öffnung des anderen Ohrs und hörte Tausende von Meilen entfernt das Telefon klingeln und dann den Anrufbeantworter, auf dem die Stimme kein bisschen entfernt klang. Die Bandansage war launig. Chelsea wurde noch elender zumute. Sie hörte sie sich bis zum Schluss an, hörte sich das Nichts an, das sie in der ihr für die

Nachricht zugestandenen Zeit hinterließ, und legte den Hörer wieder auf.

Sie ging hinüber und setzte sich auf die Couch. Das Lied, das die spielten, wuchs einem allmählich ans Herz. Es war zornig, aber voller Liebe. War ausgelassen und sanft. War voller Vergeblichkeit und Hoffnung.

Chelsea fiel auf, wie kräftig ihre bloßen Knie unter den Kilts waren. Ihre Hände waren rot und wund vom Spielen. Dem Dudelsackspieler, der ihr am nächsten stand, lief der Schweiß übers Gesicht. Ihnen allen. Es war sicher anstrengend, seinen ganzen Atem ins Spielen dieser Musik zu stecken, und das ohne eine Pause, und dabei so große Fellmützen und schwer aussehende Jacken in einem Raum mit Zentralheizung anzuhaben.

Als die Dudelsackspieler wieder ans Ende gekommen waren, gab Chelsea nach. Sie applaudierte.

Bravo, sagte sie.

Nicht viel, und der Spieler neben Chelsea hätte gelächelt. Die anderen gaben sich über ihren Kopf hinweg nickend und zwinkernd Zeichen. Sie fingen wieder von vorn an mit dem Gelärm.

Mitten in der Nacht saßen sie alle um Chelsea herum auf der Couch, auf den Armlehnen der Couch, auf dem Couchtisch, auf den Stühlen, auf dem Boden. Der Arbeitstag war vorbei. Ein Mann sang. Jetzt, wo sie ihre Bärenfellmützen abgesetzt hatten, war sie sich zwar nicht mehr ganz sicher, aber sie glaubte, es war der, der vorher besonders herablassend gewesen war. If my true love she'll not come, sang er, then I'll surely find another.

Es war ein trauriges Lied über eine abenteuerliche Zeit auf einem Berg. In den Refrain stimmten alle mit ein. Zum

Schluss jubelten sie, klatschten in die Hände und ließen die Gläser klingen. Der Mann mit dem Bart, der neben Chelsea saß, begann zu singen. Sein Gesicht war dunkelrot vom Arbeiten und vom Trinken. Er sang davon, dass sein Schatz ihm die Treue versprochen hatte und dass er für sie sein Leben geben würde, so schön war sie mit ihren dunklen blauen Augen und einem Gesicht, hübscher als jedes, das von der Sonne je beschienen ward.

Der kleine Dunkelhaarige, der sehr mitgenommen aussah, sang von einem Mann, der unterwegs durch Zufall einer jungen Frau begegnet. Sie fragt ihn, wie weit es bis zur Stadt ist und welchen Weg sie gehen soll, und aus Höflichkeit und weil die Frau so reizend ist, macht er einen Umweg und begleitet sie. Als sie aus der Ferne die Kirchtürme der Stadt erblicken, dankt sie ihm. Er gibt ihr eine goldene Anstecknadel von seinem Mantel und küsst sie, dann ist sie weg. Mit diesen Zügen und der Gestalt war es mir, als gehe neben mir ein Engel, sang er.

Chelsea war zutiefst ergriffen von dem Lied. Endlich weinte sie. Endlich schauten die Männer zufrieden drein. Sie schauten ernst. Schauten ergeben. Der mit dem Bart legte den Arm um Chelsea und gab ihr einen feuchten Kuss auf den Mund. Er roch und schmeckte nach Whisky oder nach Blut.

Später, gegen Morgengrauen, ging sie hinaus in den Park, um frische Luft zu schnappen. Die Dudelsackspieler folgten ihr paarweise. Chelsea setzte sich auf eine Bank neben dem verlassenen Herbstwasser und sah den Vögeln zu, die sich in die Luft erhoben und landeten. Die Band stand ein wenig abseits und spielte ein letztes Mal feierlich, als ringsum in London der Morgen anbrach.

Er war ein junger Bursche aus Schottland und arbeitete auf einer Farm in Ontario. Er hatte sich, noch minderjährig, bei Kriegsende zum Armeedienst gemeldet und war nach dem Krieg in Kanada gelandet und einfach geblieben. Ich war neunzehn. Es war das Land der Möglichkeiten, und meine Mutter, sie sparte das Fahrgeld für mich zusammen, war selber halb Schottin, hatte Familie drüben in Banff, ihre kleine Schwester, dort war das Leben angeblich besser. Aber ich wollte die ganze Zeit, die ich dort war, nur nach Hause. Ich war auf dem Heimweg, als ich ihn kennenlernte. Er saß auf der anderen Seite in dem Bus, der nach Osten fuhr, machte einen netten Eindruck, wir kamen ins Gespräch. Als wir in der Stadt angekommen waren, gingen wir ins Kino, da lief Ein Mann ohne Bedeutung, und hinterher sagte er, am nächsten Tag würde er mir ein Weltwunder zeigen. Wir fuhren hin, und man hörte da nichts! So laut war das Wasser. Die Gischt hing in der Luft, wir waren bloß vom Dastehen ganz davon bedeckt, ich hatte alles in den Haaren. Er wollte, dass ich dableibe, wir könnten unsere eigene Farm haben, die Farmen da drüben waren riesig, viel größer als hier. Aber ich war auf dem Heimweg, ich hatte meine Fahrkarte schon und wusste überhaupts nichts über Farmen, ich war in der Stadt groß geworden, und heiraten wollte ich auch noch nicht. Ein Jahr nach meiner Rückkehr starb dann meine Mutter, und im Jahr darauf heiratete ich einen Mann, den ich beim Eisenbahnertanz kennengelernt hatte; er war Vertreter, er verkaufte Glas.

## Die Besten der Saison

Ein neues Jahrhundert hatte angefangen und eine neue Jahreszeit. Ich kam von der Bank und fühlte mich plötzlich ganz verloren und ging deshalb durch den Park zum Museum für Moderne Kunst, wo eine Ausstellung, die in allen Zeitungen als kulturell bedeutend gefeiert worden war, immer noch lief.

Die Stadt wurde an dem Tag von den Ausläufern eines Sturms durchgepustet, der Tausende von Meilen entfernt über den Atlantik zog (oder vielleicht bereits gezogen war); weit hinten im Park verteilte ein Traktor Dünger über die Rasenflächen zum Schutz vor den Schäden, die der Winter anrichten würde. Ich ging unter den Bäumen entlang. Hart gewordene Blätter schrammten mir über den Kopf und streiften mein Gesicht. Vor mir auf dem Weg sammelte ein Mann gefallenes Laub auf; er sah lächerlich groß aus für die Maschine, auf der er saß und die, schrill kreischend wie der Staubsauger zu Hause, wenn er voll war, durch ihren Rüssel Blätter einsaugte, während hinter ihm und vor mir bereits neue auf die Wege fielen, die er eben gesäubert hatte. Blätter umwirbelten uns wie Vögel oder wie bemalter Schnee. Am Museum angelangt, musste ich mir kleinere Blätter von den Schultern wischen.

Vor dem Eingang sprach ein Mann mit zwei jüngeren Männern. Der Wind wehte ihm das Haar in die falsche Richtung, und er drückte es sich mit einer Hand an den Kopf und gestikulierte mit der anderen. Die ehrerbietige Haltung der Jüngeren, die Linie seines Rückens und die Neigung seines Kopfes, dies alles besagte, dass der Mann ein Fachmann für irgendetwas war. *Natürlich*, sagte er, *hat es sein davon unabhängiges inhärentes Narrativ, aber sein Narrativ ist.*

Sein Narrativ ist. Was? Genau das weiß ich nun nicht, denn den Rest konnte ich nicht ausmachen, und wenn ich noch langsamer gelaufen oder gar stehen geblieben wäre, mich umgewandt und zugehört hätte, dann hätten die drei Männer mich bemerkt und wären verlegen geworden. Eine Unbekannte, eine Verrückte vielleicht oder zumindest ein nicht ganz ungefährlicher, womöglich unberechenbarer Mensch (die Stadt war voll von solchen) hätte unaufgefordert ihre private Unterhaltung belauscht. Vom Wind ausgedörrt, zog ich mir in dem warmen Foyer der Galerie den Pullover über den Kopf und fand es etwas ärgerlich, dass die Männer mich ohne weiteres für so eine Verrückte oder Unberechenbare hätten halten können. Das Ärgerlichste aber war, dachte ich, den Mund voll Wolle, dass ich nun nicht – und nie mehr – erfahre, was nach dem *ist* des Mannes noch kam, wovon genau er eigentlich sprach, was er mit den Worten meinte, die er sagte, welche innere Geschichte er zu kennen glaubte.

Blätter hatten sich in der Kapuze meines Pullover verfangen. Etwas fiel heraus. Als es auf dem Boden auftraf, sprang es ziemlich hoch für so ein kleines Ding und machte ein überraschend scharfes Geräusch, also hob ich es auf. Es war eine Ahornfrucht, ihr Propeller war geädert wie ein Häutchen und machte die Frucht surreal: ein fliegendes Haselnüsschen, ein Flügel, an dem ein Schrumpfkopf saß, ein Fisch, fast nur Flosse. Der Museumsangestellte hinter dem Postkartentisch beäugte mich jedoch mit gewissem Interesse, darum stopfte ich die Ahornfrucht und die Blätter zurück in meinen Pullover, legte ihn mir gefaltet über den Arm und hörte höflich zu, als er mir sagte, dass der Eintritt kostenlos war, Informationsblätter zur Ausstellung ebenfalls und bebilderte Kataloge 16,50 £ kosteten.

Normalerweise behandeln die Leute, die hinter Verkaufstischen von Museen wie diesem arbeiten, Besucher, die sich die Kunst ansehen wollen, von oben herab, dieser Angestellte war aber neu und beflissen, noch nicht abgestumpft. Ich ließ ihn alles herbeten: den Preis der kleineren Postkarten, den Preis der größeren und den Preis der Karten mit Drei-D-Effekt, außerdem, dass die Poster ausverkauft waren, die Nachbestellung aber täglich eintreffen sollte. Ich schlug den zur Ansicht ausliegenden Katalog bei einem Foto von zwei Kaffeetassen auf einem Couchtisch auf; blätterte ihn durch, klappte ihn wieder zu und legte ihn zurück auf den Stapel der anderen in Zellophan eingeschweißten Kataloge. Der Angestellte hielt mir ein Stück Papier hin. Es war ein Zettel mit dem Foto eines Autos drauf, der für ein Preisausschreiben warb, das, sagte er, parallel zu der Ausstellung organisiert worden sei. Wenn ich meinen Namen und meine Anschrift eintrug, einem Autohersteller gestattete, meinen Namen auf eine Adressliste für Werbepost zu setzen, und in maximal zehn Worten sagen konnte, warum ich moderne Kunst für wichtig hielt, konnte ich ein Auto gewinnen. Sie können es auch später ausfüllen, sagte der Angestellte, und hier abgeben, wenn Sie gehen, aber auch gleich, wenn Sie möchten. Ich kann Ihnen meinen Stift geben.

Er ging mir langsam auf die Nerven. Er lächelte ziemlich viel. Tat so, als kenne er mich. Ich steckte den Werbezettel in die Tasche, dankte ihm und nahm ein Informationsblatt.

Vielleicht, dachte ich, als ich durch die Schwingtür in die

Ausstellung ging, wären die drei Männer draußen gar nicht verlegen geworden, wenn ich stehen geblieben wäre und ihrem Gespräch zugehört hätte, vielleicht hätten sie sich insgeheim gefreut. Es ist doch auf die eine oder andere Art immer nett, sich vorzustellen, dass irgendjemand irgendwo zuhört. Vielleicht hätten sie unsicher gegrinst und mir durch ein Nicken bedeutet, dass ich mich zu ihnen gesellen sollte, hätten Platz für mich gemacht. Vielleicht hätte sich der Wortführer sogar zu einer Erklärung bequemt: *Ich spreche gerade darüber, dass.* Oder: *Ich meine die Art und Weise, in der.* Weiß man's? Ich ging in dem Museum herum und sah mir die Bilder, die Skulpturen und die Installationen an.

Sie stammten von zwei Männern, inzwischen in den Vierzigern, die als siamesische Zwillinge geboren, schon bald nach ihrer Geburt aber getrennt worden waren. Die Zwillinge und ihre Kunst waren gerade sehr angesagt; die Ausstellung, verkündete eine Tafel an der Wand, hatte sie auf die Shortlist eines prestigeträchtigen bekannten Kunstpreises katapultiert. Die großen Zeitungen waren im Moment voll von maßgeblichen Longlists und Shortlists: die besten Filme und Popsongs, die wichtigsten historischen Momente des Jahrhunderts, die beste Musik des Jahres, der beste Roman, die beste Lyrikanthologie, die beste Kunst. Die Presse hatte Fotos der Zwillinge gebracht, aufgenommen kurz nach ihrer operativen Trennung und so, wie sie heute waren, dazu Abbildungen ihrer Skulpturen oder Bilder oder Standfotos aus ihren Videos. Sie hatten gute Aussichten, den Kunstpreis zu gewinnen, die Quote war 3 zu 1 oder so. Ich ging durch die Räume des überheizten Museums, und obwohl noch andere Besucher wie ich herumgingen und da oder dort stehen blieben, verhielten wir uns alle respektvoll und leise wie in einer Kirche oder in einer Buchhandlung, so wie Leute es in einer Galerie eben machen. Ich schwitzte allerdings. Der Schweiß lief mir den Rücken herunter; ich spürte ihn am ganzen Rückgrat. Die Hand, mit der ich meinen Hals unter dem Haaransatz betastete, war nass, als ich sie zurückzog. Ich stand mitten im Museum und betrachtete den Schweiß auf meinen Fingern.

Das lag an den Temperaturunterschieden zwischen draußen und drinnen oder an den noch größeren Temperaturunterschieden beim Übergang von einer Jahreszeit zur anderen. Vielleicht, dachte ich, während ich innerlich über mich selbst lachte und mir die Hand an meinem Shirt abwischte, schwitzte ich auch, weil ich niemals erfahren würde, wie der Mann am Eingang seinen Satz beendet hatte. Ich war ein wenig benommen. Fühlte mich schwach. Ob ich mir einen schlimmen Grippevirus eingefangen hatte oder etwas noch Grässlicheres, Namenloses, das sich genau jetzt durch Vermehrung in mir ausbreitete? Ich warf einen Blick auf einen Mann, der an mir vorbeiging und sich die Kunst falsch herum ansah, entgegen der Richtung, in der man laut der Pfeile an der Wand neben der Eingangstür den Rundgang absolvieren sollte. Der Mann sah nämlich prima aus. Nicht so, als schwitze er. Nicht mal, als sei ihm heiß. In dem Raum sah niemand sonst aus, als sei ihm heiß.

Ich blieb bei der Skulptur eines Couchtischs stehen, auf dem sich Tassen befanden, die bis zur Hälfte mit etwas Rostrotem gefüllt waren und neben denen eine gefaltete Zeitung lag. Auf den Tassen war oben etwas befestigt, das wie Plexiglas aussah, und die Zeitungsseiten waren ringsum mit dünnen Heftklammern zusammengetackert. Ich setzte meinen Rundgang fort. Spürte meine Beine unter mir. Ich ging im richtigen Museumstempo weiter, ich wollte bei niemandem

Anstoß erregen. Zu hören war in den Räumen nur ab und zu ein Geräusch, das von den Video-Installationen kam; es klang wie ein wiederholtes Knirschen von Zähnen im Mund eines Schlafenden, von nahem aufgezeichnet, oder wie von einer Maschine. Die Videobildschirme nahmen drei Wände eines abgedunkelten Raums ein; ich schaute eine Weile zu, konnte aber nicht sagen, was ich da sah. An allen drei Wänden war etwas Rotes, Dunkles, dessen Oberfläche sich verschob und matt glänzte; vielleicht war es das vergrößerte Innere eines Munds, einer Zunge, die flach auf dem Mundboden auflag. Ich spürte nun meinen eigenen Mund, eine riesige Höhle, und meinen Unterkiefer, dessen Knochen aufstieg und zu meiner unteren Zahnreihe wurde. Ich kam aus dem Dunklen heraus. Konzentrierte mich stattdessen auf die Bilder.

Sie waren durchweg sehr groß und quadratisch, reichten eines wie das andere von der Bodenleiste bis zum Deckenrand, und jeweils zwei bedeckten eine ganze Wand, als sei dieses zur vorigen Jahrhundertwende entstandene Museum speziell für diese Bilder gebaut worden. Es gab sie immer paarweise. Das erste eines Paars zeigte etwas Erkennbares aus dem häuslichen Alltag, eine Teekanne etwa oder einen Hund. Das zweite war eine fast leere Leinwand, reinlich mit einem Schmutzfleck in der Mitte, als hätte der Maler sie dort aus Versehen mit einer Hand berührt, die nicht ganz sauber war. Die Bilder trugen Titel wie Teekanne 1 & 2 oder Hund 1 & 2.

Ich kam dahinter. Es dauerte nicht besonders lange, dahinterzukommen. Es ging ja wohl um Entfremdung und Distanz, oder? Nach einem Rundgang durch das Museum, das ziemlich klein ist, war ich schon dahintergekommen, ging aber noch zweimal durch, um mir zu beweisen, dass ich es in diesem verschwitzten Zustand konnte. Nach dem dritten Mal blieb ich stehen und setzte mich schnaufend auf einen Hocker in der Ecke, auf dem sonst die Angestellten eines Kunstmuseums sitzen.

Die zwei Bilder, auf die ich jetzt frontal blickte, hießen Straße 1 & 2. Das linke zeigte eine leere, beiderseits von grasbewachsenen Banketten gesäumte Teerstraße bis in mittlere Entfernung. Das rechte war wieder eine Leinwand, die, abgesehen von einem lehmbraunen Fleck in der Mitte, der Ruß sein konnte oder eine versehentliche Berührung mit der Hand, hinter dem Glas vollkommen leer war. Auf der Vorderseite des kostenlosen Informationsblatts hieß es: *Die Künstler malen zweimal ein identisches Bild und entfernen im Anschluss daran in mühevoller Kleinarbeit sämtliche Farbe von einer Leinwand des Paars, bis nur noch eine flüchtige Spur in der Mitte von dem gewesenen Bild zeugt.* Ich hatte das kaum gelesen, als mir einfiel, dass ich das über die Zwillinge schon einmal gewusst hatte, weil über diese Arbeitsweise nämlich etwas in einer Sonntagszeitung oder so stand.

Ich kam mir angeschmiert vor, von meinem Gedächtnis betrogen. Ich rutschte auf dem Hocker nach hinten, lehnte mich mit dem ganzen Gewicht an die Wand und schloss die Augen. Dann fiel es mir ein: Als ich vor Monaten das letzte Mal in einer Kunstausstellung war, hatte ich mich auch so unwohl gefühlt, dass ich mich setzen musste. Sie war in einem größeren, bedeutenderen Museum mitten in der Stadt. Im obersten Stock des Gebäudes, etliche Treppen hoch, zweigten von einem Korridor, der mit Marmor verkleidet war, so blank poliert, dass man sich beim Durchgehen von den Füßen aufwärts darin spiegelte, drei Räume ab, angefüllt mit kleinen, sehr farbigen Bildern, auf denen eine Künstlerin schonungslos verschiedene Episoden aus ihrem und dem Leben ihrer Familie im Berlin der dreißiger und vierziger Jahre festgehalten hatte, bis zu ihrem zwangsläufigen Tod, der zugleich bedeutsam und eine bloße statistische Größe war. An dem Tag, das fiel mir nun ein, hatte ich gerade drei der Hunderte ihrer Bilder gesehen, als ich spürte, wie der Boden unter meinen Füßen zu wanken und zu knirschen begann, als wäre das ganze Museum unter uns – unter all diesen Menschen, die durch die Räume wanderten und sich die Geschichte zu den Bildern auf den gemieteten CD-Playern anhörten, die sie am Gürtel trugen und in denen die CDs umhersurrten, unvorstellbar, als die Bilder gemalt wurden – ein Schiff auf einem tosenden Ozean und als säßen wir schaukelnd im Mastkorb.

Ich war an der Stelle, an der ich stand, bemüht unauffällig auf den Fersen auf und ab gewippt, um mich aufrecht zu halten, bis sich jemand, eine Frau, von der gepolsterten Sitzbank in der Mitte des Raums erhob und ein Platz für mich frei wurde. Ich hatte dann in dem Raum gesessen und die Holzstreifen auf dem Boden gezählt, hatte mir den Staub und das Zeug angesehen, das in den Ritzen festgetreten und einklemmt war, die Bilder mit ihren grellen Farben zwar noch da, aber außerhalb meines Sichtfelds, bis die Klingel zur Schließzeit ertönte und ein Mann in Uniform herumging und alle zum Verlassen des Museums aufforderte und ich gehen konnte.

Vielleicht brachte mich ja die Kunst ins Schwitzen. Vielleicht waren Skulpturen und Bilder ja inhärent schlecht für mich. Ich unterdrückte ein Lachen. Es war komisch. Am Vormittag war ich zu der Bank gegangen, die mir meine Hypothek gegeben hatte; aus irgendeinem Grund erzählt die Frau, die dort am Schalter sitzt, mir immer von Krankheiten und

Todesfällen. Sie lässt sich dauernd testen, meist auf beängstigende Sachen, es kommt aber nie etwas heraus. Vielleicht, dachte ich für mich, könnte ich mich auf Kunstunverträglichkeit testen lassen, mit Pflastern wie bei Allergietests. *Der Befund ist da,* würde der Arzt sagen. *Sie sind allergisch gegen Hausstaubmilben, Katzen- und Pferdehaar, Schellfisch, nickelhaltige Legierungen und verschiedene Formen des künstlerischen Ausdrucks.* Ich würde erleichtert seufzen. Würde erfahren, und das noch nicht zu spät, dass mein Leben schon immer symptomfrei und einfach hätte sein können, eine gesunde Sache freier Atemwege, wenn ich gewusst hätte, dass ich mich von Kunst fernhalten muss. Von da an wäre ich immer tranig, wenn ich ins Theater ging, in Kunstgalerien, ins Kino und in Buchhandlungen, von Antihistaminen benebelt und meine Sinne so stumpf, dass mir piepegal war, was das inhärente Narrativ war oder sein könnte.

Ich werde in der Bank immer von dieser Frau bedient. Eine Kanadierin, dunkelhaarig, dünn, mit dünner Haut, die keine Sonne sieht; ihr Gesicht hinter dem mit Speichel bespritzten Sicherheitsglas ist immer blass. An dem Morgen, bevor ich mir plötzlich so verloren vorkam und beschloss, mir den Tag freizunehmen und ins Museum für Moderne Kunst zu gehen, erzählte sie mir beim Addieren meiner Schecks eine traurige Geschichte. Eine Kollegin aus der Bank, gerade mal dreiunddreißig, erst vorige Woche Geburtstag. Vor anderthalb Jahren ein Knoten im Arm, so groß wie eine kleine Satsuma. Eine Clementine. Operiert. Entwarnung bekommen. Vor sechs Wochen entsetzliche Kopfschmerzen. Wieder ins Krankenhaus. Von oben bis unten voll. Gestern gestorben. Gerade mal dreiunddreißig. Stellen Sie sich vor. Geschieden. Eine Tochter, vier, die zu Mary, einer anderen Kollegin, die sie mal besucht hat, sagt: Mami ist im Krankenhaus und kommt vielleicht nicht wieder.

Ich nickte von der anderen Seite, sagte etwas, unterschrieb den Einzahlungsbeleg, schob ihn in die Aussparung, die Bankschalter zum Durchreichen von Sachen haben. Wieder fühlte sich mein Herz in mir so klumpig an; wieder war ich hinter meinem verständnisvollen Gesicht entschlossen, die Zweigstelle zu wechseln. Die Frau drückte von innen etwas an die innere Glasschicht, eine körnige Fotografie, gefaxt oder fotokopiert, lächelnde Menschen auf einer Party oder in einem Pub. Das rechts ist die Frau, die gestorben ist, sagte die Kanadierin; erkannte ich sie? Die Gesichter waren tiefschwarz und im Schatten, und das Foto verlief an den vielen Knicken und Falten der Fotokopie; es war durch viele Hände gegangen. *Machen Sie etwas Frivoles,* hatte die Frau mir durch das Glas noch nachgerufen, als ich die Bank verließ. *Nicht vergessen, heute noch etwas Frivoles machen.*

Etwas Frivoles: Ich war in ein Kunstmuseum gegangen. Ich schwitzte. Saß auf einem Hocker in einem Kunstmuseum und hatte die Augen geschlossen.

Ich schlug sie auf und sah ein kleines Mädchen von vielleicht drei oder vier, das mich anlächelte. Als ich auch lächelte, hörte die Kleine auf und versteckte sich hinter den Beinen ihrer Mutter, die in der Mitte des Raums stand und sich mit höflich gedämpfter Stimme mit einer anderen Frau unterhielt. Die Kleine schwang sich um die Beine ihrer Mutter, umklammerte sie mit beiden Armen. Ließ los. Sprang von ihr weg. Hüpfte von einer Bodenfliese zur anderen. Sie würdigte Straße 2 keines Blickes und baute sich vor Straße 1 auf. Holte Schwung und warf sich der Straße entgegen, als wolle sie sie entlangrennen, landete mit dem Gewicht ihres ganzen

Körpers flach auf dem Bild. Es erzitterte an der Wand. Das Kind pustete erstaunt. Trat zurück und fasste sich an die Nase.

Au, sagte es.

O Gott, sage die Mutter. O Gott, Sophie. Oh.

Sie schaute mich an. Es tut mir sehr leid, sagte sie. Es tut mir leid. Sie wollte bloß. Entschuldigung.

Nein, sagte ich. Ich bin nicht die. Ich meine, ich bin …

Ich stand auf. Jetzt rieb die Mutter mit einem Papiertaschentuch an den beiden deutlich sichtbaren Abdrücken herum, die die Hände ihrer Tochter auf dem Glas hinterlassen hatten. Sie lachte verlegen und fluchte halblaut. Sophie!, sagte sie.

Nein, sagte ich. Nicht … Fassen Sie die Bilder bitte nicht an.

Oh, sagte die Frau. Richtig. Entschuldigung.

Sie trat einen Schritt zurück, stand mit dem Papiertaschentuch in der Luft da und wusste nicht, was sie tun sollte. Sie steckte es in ihre Handtasche. Machte, hübsch und errötet, kehrt und wechselte einen Blick mit ihrer Freundin, die das Kind bei den Schultern hielt und lächelte, den Blick gesenkt hatte, um sich das Lachen zu verkneifen, und dem Kind auf den Kopf sah. Die Kleine sang irgendetwas Unverständliches und tänzelte wieder herum.

Schon gut, sagte ich. Es ist nur, wir können nicht erlauben, dass die Bilder angefasst werden, verstehen Sie.

Es tut mir wirklich leid, sagte die Frau noch einmal. Komm, Sophie, wir müssen jetzt gehen.

Beide Frauen machten Anstalten, das Kind in einen Anorak zu stecken.

Sie können im Museum bleiben, sagte ich. Das ist schon in Ordnung. Nur eben, na ja. Passen Sie auf, dass es nicht wieder vorkommt.

Die Frau verlor ihre Anspannung. Sie dankte mir. Nun kam aber die richtige Aufsicht, so dass ich die Frau zum Abschluss mit einem, wie ich hoffte, strengen, offiziellen Lächeln bedachte und mich zum Gehen wandte. Blieb beim Hinausgehen, damit sie nichts merkten, kurz bei dem Mann von der Aufsicht stehen und fragte ihn leise, wann das Museum schloss. Die Frauen hinter mir mit dem Kind sollten denken, dass er mir Anweisungen in Bezug auf die Arbeit gab oder ich womöglich gar ihm.

Der Aufseher sah mich mit dem Blick und der Hochnäsigkeit von jemandem an, der alles weiß, was es zu wissen gibt. Aber das war schon in Ordnung. Er wusste gar nichts. Das Museum schließt heute um sechs, sagte er.

Danke, sagte ich. Und wann endet die Ausstellung?

Diese Ausstellung schließt am Dreißigsten.

Ich marschierte durch den Raum, dessen Wände die Mundhöhle von irgendwem sein konnten, und auf der anderen Seite hinaus. Zog mir meinen Pullover an. Es war mir egal. Ich fühlte mich besser. Ich würde einen Spaziergang machen. Würde mich in den Tag stürzen. Ich war beschwingt, ich war ruhig; so ruhig wie guter Rollrasen und jeder Halm so grün würde ich armeschwenkend über die Themse bummeln, unter mir das rauschende und gurgelnde Wasser, die Polizeibeamten in der Rettungsstation im Streit bei ihrem gesüßten Tee.

Als ich das Museum verließ, rief mir jemand etwas nach. Vielleicht war ich ertappt worden. Jemand rannte, und zwar mir hinterher; als er näher kam, hörte ich, dass er schon etwas außer Puste war. Es war der Angestellte, der mir beim Reingehen gesagt hatte, was kostenlos war und was nicht. Vielleicht wollte er den Zettel der Autofirma zurück, ausgefüllt und mit einem Zehn-Worte-Satz darauf: Moderne Kunst bedeutet für mich. Ich wollte mir auf die Schnelle etwas ausdenken.

Er rannte komisch, hatte eine geballte Faust vor sich ausgestreckt. Warten Sie, rief er beim Rennen. Warten Sie. Sie haben etwas verloren. Es ist heruntergefallen.

Er sah verzweifelt und zufrieden aus, von seiner Wichtigkeit durchdrungen wie ein Bote in einem Stück oder einem Film, der die Nachricht vom guten Ausgang einer Schlacht im Mittelalter überbringt. Ich klopfte auf meine Hosentasche. Mein Portemonnaie war da. Was konnte ich sonst verloren haben? Ich schaute hin.

Er hatte beide Hände voll mit geknickten Blättern und merkwürdig beflügelten Früchten.

# Die Wärme der Geschichte

Es war Mittwinter. Alles war abgestorben.

Drei Frauen kamen mit Verspätung zur Mitternachtsmesse, ihre Stilettos klackten, da war die erste Lesung schon halb herum, über die Steinplatten. Wie Winterrehe hustend, trippelten sie mit schmalen Hufen durch den Mittelgang.

Sie zwängten sich ungeniert in eine Bank, die bereits voll besetzt war. Waren erkennbar betrunken. Man roch es noch fünf Reihen weiter, Alkohol und altes Parfum. Eine war jung, eine war älter als die Junge, und eine war noch älter als die beiden anderen. Die zu auffälligen, halb aufgeknöpften Sachen der Jüngsten waren für die Jahreszeit ungeeignet, eigentlich für jede; das Orange und das Blaumetallic ordinär, Hals und Schultern unbedeckt; feuchtfröhlich derangiert waren alle drei, die sich aneinanderlehnten, mit den Füßen aufstampften und sich die Hände warmrieben. Sie verbreiteten Unruhe, die wie zartes Nylon unter dem hohen Kirchendach über den Köpfen der dick eingemummelten Gemeinde hing.

Die Frau in der Mitte zündete sich eine Zigarette an. Als ihr einfiel, wo sie sich befand, war sie ehrlich geschockt über sich und ließ sie fallen. Die Zigarette rollte unter das Kniepolster, lag da und rauchte sich allein, und als die Frau sich vorbeugte und sie hervorholen wollte, nötigte sie die ganze Reihe dazu, sich ihretwegen zur Seite zu neigen, und musste, so wie sie schwankte, von den beiden anderen hochgezogen werden, bevor sie die Zigarette mit der Spitze ihres Schuhs auf dem Linoleum austreten konnte. Danach prusteten die drei das ganze Evangelium hindurch und verbissen es sich erst, als der schon in die Jahre gekommene Priester die Weihnachtsgeschichte noch einmal las; kein Platz in der Herberge, die Hirten, um die das Licht leuchtete, so dass sie sich sehr fürchteten, die große Menge der himmlischen Heerscharen, die Gott lobten.

Dann sangen sie bei Herbei, o ihr Gläubigen immer eine zweite Stimme, wo das falsch war und niemand sonst in der Kirche die zweite Stimme sang.

Beim Friedenszeichen waren die drei Frauen höflich und gesittet und gaben den beklommenen Gottesdienstbesuchern vor und hinter sich die Hand. Sie umhalsten sich gegenseitig und wünschten sich Frieden. Dabei kannten sie sich, ob Sie's glauben oder nicht, erst seit heute Abend, wissen Sie, verriet die halbbekleidete Jüngste dem neben ihr stehenden Mann, die Zunge schwer vom Alkohol und unbeabsichtigt so laut, dass es bis vorn zu hören war, worauf sie die Arme um den Hals des Mannes schlang und ihm einen weihnachtlichen Friedenskuss gab. Als die Messe zu Ende und es Zeit war, Hört den Sang vom Himmel her anzustimmen, zu hoch, sang eine in der sich auf *Heil dem rechten Friedefürst* reimenden Zeile dann *der vom Weibe kommen ist*, und ringsum erhoben sich Gelächter und Zorn. Die Kirchgänger, ob lächelnd, empört oder unbeirrt, die beim Hinausgehen an den Frauen vorbeikamen, mussten über die Beine der Jungen steigen oder ihre Kinder darum herumlotsen, denn sie hatte die Füße, an einem baumelte der Schuh an den Zehen, in den Gang geschoben und sich rücklings auf die Bank gelegt, die Augen zu und den Kopf in den Schoß der Frau in den Dreißigern gebettet, die jedem, der herstarrte, unverfroren tolle Weihnachten und einen guten Rutsch wünschte, indes die Älteste, die in den Fünfzigern oder vielleicht Vierzigern sein mochte, schwer zu sagen, sich mit glasigen Augen und einem Lächeln dafür bedankte, dass niemand der jungen Frau auf die Füße trat.

Als der Priester, aus der Sakristei kommend, noch einmal durch die Kirche schritt, waren bis auf die drei Frauen alle gegangen. Sie waren nach vorn gegangen, dem Altar gefährlich nahe. Zwei hockten an der Seite, wo die Krippe aufgebaut war. Die Dritte lief hinter dem Altar herum und schwenkte etwas durch die Luft, und im Näherkommen sah der Priester, dass ein Messdiener hinter der Frau herlief und sich kichernd den geröteten Hals rieb. Er hatte ihr seine lange Stange mit dem Löschhut überlassen und erklärte ihr, dass sie sich recken und die hohen Kerzen löschen sollte, die ringsum an den Wänden brannten.

Die zwei an der Krippe beugten sich über die Gipsfiguren von Maria, Josef und dem Jesuskind. Sie arrangierten die Blumen neben der Heiligen Familie neu. Eine, sah der Priester, schob gerade eine rotgeäderte Lilienblüte durch die Beine des stehenden Josef.

Na, na, sagte er.

Dann warf er die Frauen hinaus.

Kann ich nicht die Kerzen fertig auslöschen? Ich hab nur noch sechs, sagte eine.

Das erledigt der Junge, sagte der Priester. Geben Sie ihm die Stange zurück. Und gehen Sie.

Es ist eiskalt draußen, Herr Pfarrer. Wir wissen nicht, wohin, sagte die Zweite.

Und außerdem, Herr Pfarrer, ist sie schwanger, sagte die Letzte, die den Arm um die Schulter der jungen Frau gelegt hatte. Sie können sie nicht auf die Straße setzen. Sie wird bald gebären, ehrlich. Sehen Sie.

Die Frau zog das Oberteil der anderen hoch. Der Priester schielte auf den nackten Bauch, der flach und bleich vor Kälte war. Der Bauchnabel war gepierct.

Wenn sie bald gebiert, dann gebäre ich bei Gott auch, sagte er und trieb sie an die offene Tür. Sie drängten wieder zu ihm zurück. Er schloss einen Türflügel, der Riegel versank mit einem dumpfen Laut im Steinboden.

Nicht mehr lange, dann können auch Männer Kinder kriegen, sagte die Junge. Hab ich auf Discovery Channel gesehen.

Echt jetzt, Herr Pfarrer, sie kriegt ein Kind, sagte die Älteste der drei. Stimmt's, Schatz? Und sie weiß nicht, wohin. Sag es ihm, Diane.

Ja, Herr Pfarrer, das stimmt. Ich werde bald Mutter, kann jeden Moment so weit sein, und wir wissen nicht, wohin. Können wir nicht heute Nacht in der Kirche schlafen?

Für mich sehen Sie nicht im Geringsten aus wie in guter Hoffnung, sagte der Priester.

Mit bloßem Auge sieht man das nicht, sagte die junge Frau. Es ist eine Scheinschwangerschaft.

Sie wird einen Geist gebären, Herr Pfarrer, sagte die andere.

Einen heiligen Geist, sagte die Junge. Den muss man in einer Kirche aufbewahren.

Sie ist bis obenhin voll mit Geist, sagte die Dritte.

Der Priester sprach durch den Spalt, bevor er die Tür zumachte. Geht nun nach Hause zu euren Familien, sagte er.

Er drehte einen Schlüssel in einem Schloss. Seine Schritte, hörten sie, entfernten sich in der von all den Menschen noch warmen Kirche, und gleich danach hörten sie das letzte Auto auf dem Parkplatz dahinter, die Eltern, die mit dem Messdiener heimfuhren. Der Junge hatte an der Tür hinter dem Priester gestanden und schüchtern über ihre Scherze gelacht. Die Jüngste hatte ihm das Haar zerstrubbelt, die Zweitjüngste hatte die Hand auf seine Schulter am Hals gelegt, und die Älteste hatte ihn angestrahlt. Er war rot geworden vor Freude und Wärme. Nun ging der Motor des Autos aus, ging noch mal aus, heulte auf gegen die Kälte und entschwand leiser werdend in die Nacht.

Die Frauen standen schwankend vor der verschlossenen Tür. Atemwölkchen stiegen von ihnen auf.

Die Älteste hieß Etta. Der Name der Mittleren war Moira. Die Jüngste war Diane.

Sie halfen sich gegenseitig über die Straße, unter dem Geländer durch und den Uferhang zum Fluss hinunter. Der Fluss stand hoch, und das Gras, in das sie sich setzten, war von Reif überzogen. Die Mittlere holte ihr Feuerzeug hervor, zündete sich eine Zigarette an. Sie zündeten die Kerze an, die die Jüngste gestohlen hatte. Es war immer noch eiskalt, der Wind hatte sich aber fast gelegt.

Immer noch Nacht, sagte die Jüngste.

Ja, es ist immer noch Nacht, sagte die Älteste und sah zum Himmel. Morgen wird der Frost noch schlimmer, sagte sie.

Hört euch das mal an, sagte die Mittlere. Es ist die Wahrheit. Ich schwör's. Da war die eine Frau.

Was für eine Frau, sagte die Älteste. Kennen wir sie?

Nein, hör zu, sagte die Mittlere.

Wie heißt sie?, sagte die Älteste. Wo arbeitet sie?

Hört zu, sagte die Mittlere. Das hat mir jemand erzählt. Sie hat Folgendes gemacht. Ihr Mann war gestorben, da hat sie sich ein Jahr lang jede Nacht auf sein Grab gesetzt. Das ist die reine Wahrheit.

Wie der eine Hund in Edinburgh, sagte die Älteste.

Die Jüngste ließ sich nach hinten fallen. Hart gefrorenes Gras raschelte neben ihren Ohren. Jede Nacht?, sagte sie. Ein ganzes Jahr lang? Dreihundertfünfundsechzig Nächte. Sechsundsechzig, wenn es ein Schaltjahr war. Sie setzte sich auf. Warum?, sagte sie. Dachte sie, er kommt rauf und sagt hallo?

Ich weiß es nicht, sagte die Mittlere. Woher soll ich das wissen?

Wie hat sie es geschafft, jede Nacht am Pförtner vorbeizukommen?, sagte die Jüngste. War der Friedhof nachts nicht geschlossen? Hat sie sich mal eine Nacht freigenommen? Hatte sie ihr Abendbrot mit? Oder hat sie erst Abendbrot gegessen und ist dann los?

Ich *weiß* es nicht, sagte die Mittlere. Ich *weiß* nicht, was sie zum Abendbrot gegessen hat.

Bückling, sagte die Älteste.

Was hat sie gemacht, als das Jahr rum war?, sagte die Jüngste.

Manchmal ist einem danach, sagte die Älteste. Ich ess die nicht oft, aber heute Abend wäre mir gerade danach.

Herrgott noch mal, sagte die Mittlere. Es ist bloß eine Geschichte.

Sie schwiegen. Die Kälte des Flusses dröhnte ihnen in den Ohren.

Und das erst, hört mal zu, sagte die Älteste. Das ist auch wahr. Denn das hat meine Mutter mir immer erzählt. Sie ist schon tot. Heute ist doch Heiligabend, klar? Und morgen ist erster Weihnachtstag.

Stimmt genau, sagte die Mittlere. Ihre Zigarette war ausgegangen. Sie hielt das Ende in die Kerze, steckte sie sich in den Mund, zog daran. Sie brannte immer noch nicht.

Hört zu, sagte die Älteste. Es passierte immer um Mitternacht vor dem Weihnachtstag. Von mir aus könnt ihr lachen, aber ich sag's euch. Meine Mutter lebte als Kind auf dem Land. Und wenn man damals auf dem Land am Heiligabend um Mitternacht auf einer Kreuzung stand, konnte es sein, dass man Stimmen hörte.

Was für Stimmen?, sagte die Jüngste.

Die sagten einem bestimmte Sachen, sagte die Älteste und nickte.

Was für Sachen?, sagte die Mittlere.

Sachen, die vielleicht noch passierten.

Hat deine Mutter diese Stimmen auch gesehen?, fragte die Mittlere.

Nein, sagte die Älteste. Wenn da Wasser in einem Brunnen war, konnte es nämlich sein, dass es sich in Wein verwandelte. Aber wenn man dabei war, als das passierte, hört zu, musste man wegsehen, man durfte nicht hingucken, sonst starb man noch übers Jahr.

Der ganze Wein und für umsonst, sagte die Mittlere.

Noch übers Jahr, sagte die Jüngste, das ist ja nur eine Woche. Das ist nicht sehr lange. Oder war es übers neue Jahr, übers nächste, das kommende Jahr?

Übers Jahr, so hat sie es immer gesagt, sagte die Älteste, die die Augen geschlossen hatte.

Sieben Tage, sagte die Jüngste. Die Mittlere schüttelte den Kopf.

Die Älteste zitterte vor Kälte, sogar mit Mantel. Manchmal verwandelte sich das Wasser, sagte sie, auch in Blut, nicht in Wein. Aber es war dasselbe. Wenn man's gerade sah, den

Wein oder das Blut in der eigenen Quelle oder im Brunnen, in den sich das Wasser verwandelte, war man übers Jahr tot.

Was ist mit einem Fluss?, sagte die Jüngste. Könnte der sich verwandeln?

Alle drei sahen auf das Wasser hinab, das hoch stand und rasch dahinfloss.

Und der Pfarrer eben in der Kirche, ja?, sagte die Älteste. Ich sag's euch, es ist wahr. Die eine Alte, MacKinnon, die arbeitet für ihn, tut sie schon, seit ich klein war, und ich wette mit euch um sechshundert Pfund, ich setz alle sechshundert darauf, dass er heute Nacht bei der im Bett ist.

Sie wandte sich um, schwenkte die Hand in Richtung des orangen Scheins, der im ersten Stock des an die Kirche angebauten Hauses aus dem Fenster drang.

Ich will's für ihn hoffen, sagte die Mittlere. Sie zitterte nun ebenfalls. Ist verdammt kalt, die Nacht.

Ist ja auch Weihnachten, sagte die Älteste und schob die Hände noch tiefer unter die Ärmelaufschläge.

Das eine Jahr hab ich mal ein Slinky gekriegt, sagte die Jüngste.

Ein Slinky was?, sagte die Älteste. Die Mittlere lachte.

Einfach Slinky, sagte die Jüngste. Die gingen allein die Treppe runter.

Die Mittlere bog sich vor Lachen. Die Älteste schaute verdutzt.

Das ist so was Ähnliches wie eine große Sprungfeder, sagte die Jüngste. Ich hab auf der Treppe damit gespielt, und im Fernsehen kam Kleines Mädchen, großes Herz über Elizabeth Taylor bei dem Rennen auf ihrem Pferd. Der Film ist schon alt, sie ist da noch ein Kind. Der Film war nichts als leuchtendes Rot und Braun.

Die Filme von früher hatten wirklich leuchtendere Farben, sagte die Mittlere. Die wurden verstärkt. Technicolor.

Diese Liz Taylor, die hat einiges hinter sich, sagte die Älteste.

So sieht sie jedenfalls aus.

Sie hat den National bekommen. Sich die schönen Haare abgeschnitten, sagte die Jüngste.

Was, wenn du in einem Bungalow wohnst und zu Weihnachten ein Slinky kriegst, was machst du dann?, sagte die Mittlere.

Die Älteste sah ihnen beim Lachen zu.

Einmal, sagte sie, das war nicht lange nach dem Krieg, weiß Gott, wo er die herhatte. Mein Vater, der kam rein, einen Deckelkorb unterm Arm, voll mit Obst, er brachte die ganze Kälte mit rein und stellte ihn in der Küche auf den Boden. Meine Mutter, das Gesicht, ich kann euch sagen. Da waren Früchte drin, die hätten wir uns nicht vorstellen können, beim besten Willen nicht. Früchte waren das, wie ich sie seitdem nie wieder gesehen hab.

Erinnerst du dich noch, wie die geschmeckt haben?, sagte die Mittlere.

Bis heute, sagte die Älteste.

Als äße man Technicolor, sagte die Jüngste.

Die Älteste nickte.

Die beiden anderen sind weg, eine rennend, die andere hinkend, beide sind sie dem Licht auf einem Auto hinterher, falls es ein Taxi war. Sie ist jetzt allein. Die Mittlere hat ihr einen Zehnpfundschein gegeben, die andere hat ihr den Mantel dagelassen, den hat sie jetzt an. Er ist hinten ganz feucht von der Erde, und Schultern und Ärmel haben noch die Form der älteren Frau, sind aber auch warm von ihr. Ich brauch ihn nicht, hatte die Frau beim Ausziehen gesagt und ihn fallen gelassen, als sie ging. Du brauchst ihn nötiger. Wir nehmen das Taxi.

Sie sieht nach oben. Sterne bedecken den Himmel wie weiße Stoppeln.

Die Ältere hat einen kranken Vater. Das war vielleicht ein Grund, warum sie nicht so zeitig nach Hause wollte. Die andere hatte keinen bestimmten Grund, nicht nach Hause zu wollen. Konnte alles Mögliche sein.

Sie hofft, die zwei Frauen haben es warm da, wo sie zu Hause sind.

Sie kraxelt den Hang am Flussufer hinauf, stützt sich mit den Händen ab. Unter ihr im Gras sind drei kleine dunkle Stellen, wo der Reif abgestoßen und geschmolzen ist, da haben sie drei gesessen und sich unterhalten. Ihr Kopf ist jetzt klarer, weniger diesig. Vor ein paar Stunden hat sich alles in ihrem Kopf gedreht wie Schemen im Nebel. Das hat sich gegeben. Auf der andere Straßenseite steht die Kirche, trostlos im Licht der Laterne. Sie erinnert sich. Da sind sie reingegangen, um sich aufzuwärmen.

Das bringt sie zum Lachen. Wenn sie jetzt an der Kirche vorbeikommt, kann sie für sich denken, da bin ich Heiligabend drin gewesen und hab die Kerzen ausgelöscht. Da war auch ein alter Pfarrer, der hat sie rausgeworfen, aber erst zum Schluss. Der Mann neben ihr in der Reihe, den hat sie geküsst. Die vielen Leute von der Kirche heute Abend, zu Weihnachten eingepackt wie große Geschenke, und hören sich die alte Geschichte über eine Geburt mitten im Winter an. Als könnten sie am Weihnachtstag früh die Haustür aufmachen und stünden dann selber vor der Tür, neugeboren an die eigene Anschrift geliefert in einem Korb wie die exotischen Früchte oder in einer Weinkiste, so einem Ding aus teurem Holz mit lauer Stroh drin.

Sie folgt der Biegung des Flusses. Hinter der Kurve und die Straße entlang sind die Lichter der Stadt noch an, obwohl fast die ganze Stadt jetzt zu Hause ist, schläft, wartet. Der Messdiener wird da drüben irgendwo in einem schmalen Bett schlafen, die Decke bis zum Hals hochgezogen, die Zentralheizung so eingestellt, dass sie morgens von selbst anspringt. Überall in der Stadt schließt der Schlaf die Leute in Häuser ein, deren Dächer jetzt weiß schimmern und wieder schwarz werden, wenn am Morgen die Sonne darauf fällt. Und die eine Frau, die auf dem Grab ihres toten Mannes. Wenn sie diese Nacht auf dem Grab ist, hat sie einen dicken Schaffellmantel an und Handschuhe und einen Schal und so ein Heizgerät dabei, wie Camper sie in den Urlaub mitnehmen, und die Wärme, die es abstrahlt, beleuchtet den Friedhof und die Bäume, deren Äste kahl und mit Eis überzogen sind, immergrün und mit Eis überzogen.

Auf dem Gehweg liegt Sand. Sie spürt es unter den Füßen. Über ihr Frost und ein leerer Himmel. Sie greift nach oben und schüttelt Reif vom Ast des Baums neben dem Parkautomaten. Der Ast in ihrer Hand hat lauter fest geschlossene Knospen. Sie lässt ihn zurückschnellen, und Frostkristalle stieben in alle Richtungen um den Baum wie Wasser von einem Hund.

Die Uhr am Parkautomaten ist mit Reif überzogen, auf den von hinten Licht fällt. Sie reibt mit ihrer kalten Hand daran. 2 Uhr 46. Sie lehnt sich ans Geländer und horcht. Nur der Fluss und weiter weg auf der anderen Seite Leute, die lärmen, singen und feiern. Sie zieht den Mantel fester um sich und schiebt die Hände in die Taschen. Eine niedergebrannte Kerze; ein Zehnpfundschein; Krümel und Staub, die sich bei jemand anders angesammelt haben.

Sie läuft los, irgendwohin, sie weiß nicht, wohin.

Die Straße ist menschenleer, nur ein Mann kommt ihr auf der anderen Seite entgegen. Um drei Uhr nachts am Weihnachtsmorgen führt er im Finstern zwei kleine Jack Russells aus.

Das könnte auch eine Geschichte sein, denkt sie, als sie aneinander vorübergehen.

Es ist zu dunkel, um sein Gesicht zu sehen. Fröhliche Weihnachten, Schatz, ruft er ihr über die Straße zu. Ein gutes Neues.

Die Worte sind voller Tau.

Fröhliche Weihnachten, wünscht sie zurück. Alles Gute.

# So fing es an

Es war vorbei, und wir wussten es beide.

Was sollen wir jetzt machen?, sagtest du.

Ich zuckte die Achseln. Mir fällt nichts ein, sagte ich.

Du schütteltest den Kopf. Mir auch nicht, sagtest du.

Sinnlos standen wir im Wohnzimmer. Die Möbel darin waren witzlos. Ich, dämmerte mir, stand da, als ob ich höflich darauf wartete, dass du gingst. Du wartetest ebenfalls gefasst, als ob du gerade aufgestanden wärst, um einen Gast förmlich zu verabschieden.

Ich verschränkte die Arme. Du stemmtest die Hände in die Hüften.

Du hattest schwarze Ringe unter den Augen, als ob du seit Wochen nicht geschlafen hättest. Ich, wusste ich, hatte dieselben dunklen Ränder um die Augen. Draußen graupelte es, war Abend und bitterkalt; es war der ärgste Monat des Jahres, der, in dem einem die Tage noch dunkler und die Wochen noch länger vorkamen und auch das Geld länger brauchte, bis es auf den Konten der Empfänger angekommen war.

Ich setzte mich auf die Couch. Du setztest dich neben mich.

Die Zentralheizung war zwar so weit hochgedreht, wie es nur ging, aber das Haus war nach wie vor überall undicht. Wir starrten beide auf den leeren Kamin in der Wand.

Weißt du was?, sagtest du.

Was?

Wir könnten vielleicht ein Feuer machen, sagtest du.

Ja.

Ich ging die Streichhölzer aus dem Schlafzimmer holen, während du die Zeitung von heute auseinandernahmst. Dann ging ich in den Schneeregen hinaus und holte Holzscheite aus dem Schuppen. Ich griff mir sowohl kleinere als auch zwei größere und nahm zuletzt mit Absicht ein großes nasses Scheit von dem Haufen vor dem Schuppen mit und legte es oben auf den Stapel in meinen Armen, weil ein nasses Scheit, wie du immer sagst, auf einem guten Feuer immer prima brennt. Aber als ich durch den Garten zum Haus kam, war die hintere Tür zu und wollte nicht aufgehen. Ich legte den Haufen ab. Probierte die Klinke noch einmal.

Klopfte. Klopfte fester.

Ich hob das größte und schwerste Scheit auf und hämmerte damit gegen die Tür. Asseln und Spinnen und verfaulte Holzstücke flogen von dem Scheit davon. Schleimiges Moos hinterließ Schlieren auf der Tür und beschmierte mir die Hände und die Ärmel. Ich trat einen Schritt zurück und schlug noch einmal gegen die Tür. Da ging der obere Teil des Küchenfensters einen Spaltbreit auf.

Anders kann man so was nicht machen, sagtest du durch den Spalt.

Du elendes Dreckstück, sagte ich.

Hör auf, sagtest du. Du machst die Tür kaputt.

Und ob ich die Tür kaputtmache! Es ist meine Tür. Ich kann sie kaputtmachen, wie ich lustig bin. Und wenn du nicht auf der Stelle aufmachst, schlage ich meine Fenster auch alle ein.

Es ist mein Haus, sagtest du, machtest das Fenster zu und schlossest es ab. Wir hatten uns die Fensterschlösser von einem Schreiner einbauen lassen, um Einbrecher abzuschrecken. Ich sah dich hinter dem feuchten Beschlag. Du warst beim Wasserkessel, tatest so, als ob ich nicht da wäre. Dampf kam aus dem Kessel. Du holtest die Milch aus dem Kühlschrank. Ich war es, die diese Milch gekauft hatte; ich hatte sie am Tag zuvor im Laden gekauft, und dass du sie dir einfach so nahmst, machte mich zorniger als alles andere. Ich stand in dem nassen Graupel und schrie und fluchte. Du tatest so, als hörtest du es nicht. Zogst versonnen einen Teebeutel aus der Dose, als existierte ich nicht, hätte nie existiert, als gehörte ich für dich bloß zur breiten Masse des Publikums, das dir, dem Star des Films, von draußen im Dunkeln dabei zusah, wie du dir vielsagend einen Tee machtest.

Ich hob das größte Scheit noch einmal vom Boden auf, holte Schwung, stemmte die Beine fest in den Boden und zielte, das Scheit in Schulterhöhe, auf dich. Doch unsere Küchenfenster sind doppelt verglast, wir hatten sie voriges Jahr neu machen lassen, als das Holz der alten Fenster verfaulte, und bei den neuen verstärktes Glas einsetzen lassen. Ich wollte nicht dämlich aussehen und ein Scheit werfen, das wieder bloß abprallte, und ließ es fallen.

Der nasse Schnee kam nun aus allen Richtungen; ich war über und über mit Graupel bedeckt, hatte ihn in den Haaren, auf dem Pullover und im Nacken. Ein Eissplitter schmolz auf meinem Gesicht. Ich wischte ihn ab, hatte aber kaum noch Gefühl in den Händen. Ich hatte keine Handschuhe und keine Jacke an, hatte gar nichts, kein Geld, keine Bankkarte und kein Telefon. Alles, was ich brauchte, befand sich im Haus. Ich dachte an meinen Mantel und den Schal, die so arglos wie unerreichbar am Haken neben der Haustür hingen. Mir war hundekalt. Ich legte die Arme um mich. Ich konnte mich nicht mal ins Auto setzen. Die Autoschlüssel steckten in meiner Manteltasche. Ich hatte nur den Schlüssel für den Schuppen. Nicht mehr lange, und ich musste mich, wenn ich noch mehr fror, in den Schuppen stellen.

Dann fiel mir ein, dass ich mit dem Schlüssel für den Schuppen wahrscheinlich auch den Ersatzschlüssel für die Haustür hatte, denn die bewahren wir immer am selben Ring auf, dem Schlüsselring mit der kleinen Weltkugel dran. Ich schob die Hand in die Tasche: Da waren sie, die Welt am Kettchen und beide Schlüssel. Im selben Sekundenbruchteil (ich erkannte es daran, wie du dich an der Anrichte zur Seite drehtest und mit der Tasse in der Hand stehen bliebst) schoss auch dir der Gedanke durch den Kopf, dass ich diesen Schlüssel wohl hatte, und während ich schon in Richtung Haustür losrannte, sah ich aus dem Augenwinkel noch, dass du ebenfalls zum Sprung ansetztest, damit du als Erste dort warst.

Wir rannten um die Wette. Ich sprintete, so schnell ich konnte, aber der Boden unter meinen Füßen war rutschig. Ich kam, das Herz schlug mir bis zum Halse, gerade in dem Moment an, als das Doppelbartschloss einrastete und du hinter der Tür triumphiertest. Du lachtest. So ansteckend, dass ich auch lachen wollte. Dann wollte ich, weil ich spontan mitlachen wollte, weinen.

Auf gar keinen Fall würde ich vor dir weinen, nicht mal wenn du auf der anderen Seite der Tür warst und mich nicht sehen konntest. In dem Licht, das aus dem Wohnzimmerfenster drang, nestelte ich den Ersatzschlüssel vom Schlüsselring. Das war nicht eben leicht, weil der Ring des Schlüsselrings ziemlich straff ist und meine Finger so kalt waren, dass ich sie kaum bewegen konnte. Als ich ihn schließlich herunterbekommen hatte, hob ich die Klappe des Briefkastenschlitzes und stellte den Schlüssel durch die Tür zu. Ich hörte ihn, leicht, wie er war, auf der Fußmatte landen. Hörte, wie dein Lachen erstarb. Ich ließ die Klappe zufallen, machte auf dem Absatz kehrt und ging.

*Wir liegen, jede auf ihre Seite gedreht, im Bett. Heulend fährt der Wind übers Dach und ruckelt an dem Karton, mit dem das eingeschlagene Fenster abgedichtet ist. Ich kann das Feuer noch riechen, der Geruch liegt im ganzen Haus, als wäre ein mit Asche parfümiertes Tier durch alle Räume geschlichen und hätte sein Territorium markiert.*

*Wir liegen nur eine Handbreit voneinander entfernt. Der Abstand zwischen unseren Rücken, spüre ich, wird geringer. Ich gebe schließlich nach und fange an.*

*Erinnerst du dich, als du einmal die ganze Nacht nicht nach Hause gekommen bist, sage ich, die Nacht, als ich keinen Schimmer hatte, wo du warst, und dachte, du wärst tot?*

*Du lachst hinter mir leise im Dunkeln.*

*Es tut mir leid, sagst du.*

*Nein, das war gut, sage ich. Es war gut, so den Morgen zu erleben. Es war Frühling, erinnerst du dich?*

*Ehrlich gesagt musste ich gerade an das eine Mal vorigen Sommer denken, als du dich verliebt hattest, aber nicht in mich.*

*Ah, sage ich. Lache. Hoffe, das Lachen klingt sarkastisch und zerknirscht.*

*Nein, auch das war gut, sagst du, wirklich, war es, und das weißt du auch, es war für uns beide gut. Ich meine, ich weiß, dass es für dich gut war, und ich habe dadurch, na ja, alles Mögliche herausgefunden, was mir neu war.*

*Was denn zum Beispiel?, sage ich.*

*Das weiß ich nicht, sagst du.*

*Nein?*

*Nein, das hab ich da ja herausgefunden. Ich hab herausgefunden, wie es ist, das nicht zu wissen.*

*Wie das eine Mal in der U-Bahn, sage ich, als die Zugtüren zugingen und ich hinter dir noch auf dem Bahnsteig stand und du in den Zug eingestiegen warst und die Türen zugingen, bevor ich einsteigen konnte?*

*Ich erinnere mich, sagst du hinter mir.*

*Und wir sprachen grimassierend durch die Zugtüren miteinander, sage ich, und dann fuhr der Zug ab, und du sagtest etwas durch die Scheibe, aber ich hatte nicht die leiseste Ahnung, was du mir sagen wolltest.*

*Embankment, sagst du. Ich sagte Embankmant. Ich wollte, dass wir uns an der Haltestelle Embankment treffen.*

*Ich konnte mir aber absolut nicht denken, was für ein Wort das sein sollte, sage ich, ich sah nur deinen Mund, der es immer wieder geformt hat, konnte es aber nicht hören, und dann ging das Licht in deinem Wagen an, und er fuhr ins Dunkel und die anderen Wagen mit den vielen Leuten drin hinterher, und dann war bloß noch die Tunnelröhre und weiter nichts, bloß die Reklame für Alkohol und Fluglinien und unten drunter die Gleise, die immer so glänzen, als hätte es was damit zu tun, dass sie gefährlich sind, wie sie glänzen, und ich stand da und konnte mir nicht denken, was du mir hattest sagen wollen, formte Worte mit dem Mund, aber das einzige, das mir einfiel und zu der Form passte, war Ombudsmann.*

*Wir müssen nun schon beide lachen. Drehen uns in der Wärme, die wir in dem Bett erzeugt haben. Dein Atem streicht im Dunkeln über mich hinweg, als du es mir nachsprichst.*

*Ombudsmann, sagst du.*

*Ombudsmann, großer Gott, sage ich. Ich wusste nicht einmal, was das bedeutet. Weiß ich bis heute nicht. Ich konnte mir absolut nicht denken, warum du das zu mir hättest sagen wollen. Und dachte darum, dann wird es wohl, musste ja, ein anderes Wort gewesen sein. Und dann, vielleicht war es ja Blamage.*

*Blamage, sagst du. Ja. Wir treffen uns an der Haltestelle Blamage. Ich wartete an der Blamage auf dich.*

*Ein bisschen blamabel war es ja schon, sage ich, vor den vielen Leuten im Zug und auf dem Bahnsteig, die mit angesehen haben, wie die Türen zwischen uns zugehen und so, es hätte schon Blamage sein können. Dann kam ich auf die Idee, dass es auch mehr Wörter gewesen sein könnten, was du mir hattest sagen wollen, nicht nur eines, mich blamiert vielleicht oder imponier mir. Und dann war außer mir niemand mehr auf dem Bahnsteig, nur noch ganz andere Leute, die auf einen anderen Zug warteten, und der kam, sie stiegen ein, und andere Leute stiegen aus, aber ich stand immer noch da und führte Selbstgespräche, murmelte mich blamiert, nein, imponier mir, nein, bis um sieben, nein.*

*Wir lachen uns zu. Dann verstummen wir wieder, und ich habe keine Ahnung, wohin du dich im Kopf zurückgezogen hast. Frage mich, ob du wohl an die Nacht denkst, in der du nicht nach Hause gekommen bist. Ich denke an meine andere Liebe und dann daran, wie ich auf dem Bahnsteig stehe, die Züge einer nach dem anderen ein- und ausfahren, die Leute und die abgestandene Luft in der U-Bahn ständig wechseln und ich mich bei jedem nächsten Zug frage, ob ich einsteigen und eine Haltestelle vorfahren und Ausschau halten soll, ob du dort vielleicht auf mich wartest? Aber was, wenn ich dorthin komme und du nicht da bist? Was, noch schlimmer, wenn ich weiterfahre und du in einem Zug in die Gegenrichtung sitzt, weil du mich suchst? Vielleicht, denke ich, sollte ich in das Café zurück-*

*gehen, in dem wir gerade waren. Oder vielleicht wäre es vernünftig, wenn ich in eins unserer Lieblingsrestaurants ginge, in den Diner oder das an der Kreuzung mit den vielen Straßen, wo der Blumenladen ist, oder zu dem Chinesen oder in das Restaurant mit dem Blick von der Dachterrasse, und dort auf dich wartete? Wenn alle Stricke reißen, könnte ich auch zum Hauptbahnhof zurückgehen und mit dem Zug nach Hause fahren.*

*Imstande bin ich aber nur zu einem, und das ist das Einzige, was ich auch wirklich will, nämlich die Augen schließen und mich sacken lassen, bis auf den dreckigen Boden des Bahnsteigs, denn um mich herum erstreckt sich meilenweit die alte Höhle der U-Bahn und dahinter und darüber die Stadt im Winter, eine Stadt, die ich zu kennen glaubte und die nun so nichtssagend ist wie das Meer, auf dessen farblosen Grund ich hineingeworfener Stein sinke.*

*Das Haus knackt rings um uns. Ich schmiege mich im Bett an dich. Das Bett knackt. Du schmiegst dich fest an mich, und das erfüllt mich mit einer Hoffnung, so vage, dass ich Angst habe, sie mir einzugestehen. Ich kann das Feuer und die glühende Asche immer noch riechen; heute Abend rieche ich die Jahreszeit so, wie es sonst nur in den allerersten Momenten ihrer Wiederkehr möglich ist, bevor man sich an sie gewöhnt hat, ihr in Vergessenheit geratener Geruch dann wieder in der Luft liegt und der Gang der Ereignisse sich ändert und wieder beruhigt.*

*Ich halte die Nase an deine Haut. Du riechst nach dir. Du riechst immer nach dir, es gibt allerdings, wie ich weiß, Variationen deines Geruchs: den Sommergeruch von sattgrünen Blättern und Schweiß, den Herbstgeruch des Rauchigen, den Wintergeruch von Feuer und sauberer getragener Wolle, den Frühlingsgeruch, an den ich mich nicht genau erinnere und auf dessen Wiederkehr ich warte.*

*Du beugst dich nach unten und sprichst vor meinem Ohr.*

*Ombuds mich, sagst du. Du sagst es leise wie ein Atemhauch.*

*Was?*

*Imponier mir, sagst du.*

*Okay, flüstere ich. Mach ich, wenn du mich imprägnierst.*

*Mach ich, flüsterst du wieder. Aber nur, wenn du am Ball bleibst. Und, soll ich auch am Ball bleiben, möchtest du das?*

*Ja, sage ich. Bitte. Fang an.*

Der Schlüssel landete auf der Fußmatte, und mein Lachen erstarb.

Ich stand an der Haustür und horchte.

Ich wollte durchs Fenster schauen. Sah in seinem Spiegel aber nur mich und das Zimmer hinter mir. Ich schaltete alle Lampen im Zimmer aus, ging noch mal zum Fenster zurück. Wollte wissen, ob ich jetzt durchsehen konnte.

Dann holte ich mir meinen Tee aus der Küche. Stand eine Weile an der Tür, die Tasse in der Hand. Ging zurück ins Esszimmer und ins Wohnzimmer und nach oben, wo ich mit der Tasse von einem Raum zum anderen wanderte. Ich zog ein Gesicht, als hätte ich mir genau das vorgenommen, es war aber niemand da, der bestätigen konnte, ob es mir gelungen war oder nicht; die Zimmer waren alle leer. Du warst ohne Mantel da draußen. Bei dem ekelhaften Wetter. Ich öffnete das Schlafzimmerfenster. Das Graupeln hatte aufgehört; ich sah in beide Richtungen die Straße hinab. Nasse Autos parkten vor Häusern, sonst war da nichts.

Ich schloss das Fenster und verriegelte es. Dass ich mir deinetwegen Sorgen machte, während du, wo immer du warst, offensichtlich nicht einmal an mich dachtest, fuchste mich. In dem Zimmer waren außer mir nur Sachen. Die Haarbürste auf der Kommode war meine, der Haartrockner jedoch, den wir beide benutzen, gehörte definitiv dir. Die Kommode war meine; sie hatte meiner Mutter gehört. Das Bett war unseres. Die Bettdecke war deine. Ich setzte mich ins Bad, den Raum mit der geringsten Anzahl von Zeug darin. Schaute mir das leere Bad an. Es musste dringend neu gefliest werden, und das schon als wir das Haus kauften.

Ich gehe jetzt runter, dachte ich, als ich da saß, und suche in den Gelben Seiten nach Fliesenlegern, und morgen rufe ich bei einigen an und lasse mir Kostenvoranschläge machen. Darum ging es doch im Leben: Man sorgte dafür, dass alles in Schuss blieb und gut lief, ohne Störung, dass das Feuer im Herd nicht ausging. Darum ging es beim Weiterleben: Man flieste das Bad neu, auch wenn scheinbar Wichtigeres zu Ende gegangen war.

Die Gelben Seiten lagen aber nicht dort, wo sie normalerweise liegen. Ich hatte keine Ahnung, wo sie waren. Ich ging durch alle Räume und suchte, denn du hattest sie von der Stelle weggenommen, an der sie immer sein sollten und an die wir sie, darüber waren wir uns einig gewesen, nach dem Benutzen immer wieder zurücklegen wollten, hattest sie selbstsüchtig genommen und irgendwo liegengelassen, wo ich sie niemals wiederfinden würde, wahrscheinlich mit Absicht, du tatest so was ja dauernd, Sachen von da wegnehmen, wo sie sein sollen, und irgendwo anders stehen- und liegenlassen. Du hattest die Gelben Seiten im vollen Wissen, dass ich sie brauchte, an dich genommen und sie dann nicht bloß gedankenlos, sondern regelrecht gefühllos irgendwo hingelegt, wo ich in tausend Jahren nicht nachsehen würde.

Ich wurde immer zorniger. Stand in der Küche. Öffnete Schranktüren und schlug sie krachend wieder zu. Als ich beim Verlassen der Küche mit der flachen Hand auf den Lichtschalter hieb, um Energie zu sparen, bemerkte ich das schwache Licht im Schuppenfenster.

Ich wäre beinahe über den Stapel Holz gestürzt, den du direkt vor die Hintertür gelegt hattest. Ich hätte mir etwas tun können, wenn ich da drübergefallen wäre, sagte ich mir, als ich durch das rutschige Gras stapfte.

Du warst im Schuppen. Ich sah dich durch das spinnwebenverhangene Fenster. Du hattest dir, sah ich beim Näherkommen, die Decken, die wir im Sommer nehmen, wenn wir uns ins Gras setzen, um die Schultern und den Kopf gelegt. Du sahst lächerlich aus. Mit einer unter den Decken vorgestreckten Hand hieltest du eine alte Taschenlampe in die Luft. Lasest in ihrem flackernden Batterielicht ein Buch.

Irgendetwas hielt die Schuppentür von innen zu, vielleicht der Rasenmäher. Ich drückte dagegen, aber sie gab nicht nach. Klopfte ans Fenster.

Was hast du mit den Gelben Seiten gemacht?, rief ich.

Klopfte noch einmal.

Rief: Ich brauche die Gelben Seiten.

Du drehtest langsam den Kopf. Zogst die Decken um dich zurecht und schautest wieder in dein Buch, als ob du in einem fahrenden Zug oder einem Auto kurz zum Fenster hinaus etwas angeschaut hättest, was aber uninteressant war.

In dem Moment schoss mir durch den Kopf, wo die Gelben Seiten waren. Sie lagen da, wo sie seit Monaten lagen, aufs Geratewohl aufgeschlagen auf dem Rücksitz des Autos; wir hatten sie vor zwei Monaten von drin geholt, als du sagtest, du bringst mir das Autofahren bei; ich käme, sagtest du, auf dem Fahrersitz ein bisschen höher, wenn ich sie mir unterlegte.

Da hatte ich mich ja schön blamiert. Ich erwog kurz, so zu

tun, als wäre mir nicht eingefallen, wo die Gelben Seiten waren, damit ich dich weiter selbstgerecht anschreien konnte. Aber die Absurdität, das auch nur überlegt zu haben, und die Absurdität, dass du erkennbar zitternd vor Kälte in Decken gehüllt im Schuppen lasest und ich vor Kälte von einem Bein aufs andere trat und dich mitten im Winter in pechschwarzer Nacht im Garten anschrie, war echt lachhaft. Ich hätte auch fast gelacht. Musste es unterdrücken. Ich stand in der Kälte neben dem dürren Baum. Du hattest mir gezeigt, welches Pedal wofür war, und mir erklärt, wie eine Kupplung funktioniert. Warst mit mir auf den fast leeren Parkplatz am Baumarkt gefahren und hattest mich eine Stunde lang hin und her fahren lassen, warst nur ein einziges Mal zornig geworden, und das auch nur kurz, und hattest die Handbremse angezogen, als ich dem einzigen anderen Auto auf dem Parkplatz zu nahe kam.

Ich überlegte, warum ich vorhin so in Rage geraten war. Ich wollte mich noch einmal so aufregen, überlegte stattdessen aber unweigerlich, was du da lesen mochtest, ob es das Buch war, das seit August auf der Bank im Garten lag, erst, weil wir es dort vergessen, dann, weil wir es aus Faulheit nicht hereingeholt hatten, und schließlich, weil wir beide neugierig waren, was aus einem Buch wurde, wenn wir es bei Wind und Wetter draußen ließen. Ob es sich verzogen hatte? Wie mochte es sich in deinen Händen anfühlen? Es hatte monatelang bei Hitze, Kälte und Nässe draußen gelegen. Ob die Seiten wohl zusammengeklebt waren und, als du umblättern wolltest, vielleicht Druckerschwärze auf die gegenüberliegende Seite abgefärbt hatte und das Buch dadurch unlesbar geworden war, so dass du beim Umschlagen jede einzelne Seite vorsichtig von der anderen abheben musstest?

In dem Moment erhob sich der Wind, und die Hintertür schlug zu, aber das störte mich nicht, ich hatte die Schlüssel in der Tasche. Ich ging vom Schuppen durch den ganzen Garten und ums Haus herum nach vorn, zog meinen Schlüssel heraus, wollte ihn schon ins Schlüsselloch stecken und aufschließen, als mir einfiel, wie leicht dein Haustürschlüssel auf der Matte gelandet war.

Ich könnte meinen eigenen Schlüssel durch den Briefschlitz werfen. Könnte wieder nach hinten gehen zum Schuppen und dir sagen, dass ich ebenfalls ausgesperrt war. Dann könnten wir zusammen ins Haus einbrechen. Könnten an den Punkt zurück, an dem das angefangen hatte. Wir könnten, wenn wir wieder drin waren, vielleicht sogar das Feuer anmachen, für das du die Holzscheite geholt hattest. Ich würde darauf bestehen, sie selbst hereinzuholen, zum Zeichen dafür, dass ich dir vertraute.

Im Geiste sah ich mich noch mal in den Garten gehen und dir durchs Schuppenfenster sagen, dass wir beide ausgesperrt waren und dass ich dich brauchte. Aber womöglich zogst du es vor, mir nicht zu antworten. Wenn du das vorzogst, würde ich allein ins Haus einbrechen.

Oder aber ich schloss jetzt auf und ging ins Warme, machte die Tür hinter mir zu, ließ mir ein Bad ein, ging zeitig ins Bett und las noch ein Weilchen für mich, bevor ich einschlief.

Ich stand mit dem Schlüssel in der Hand an der Tür, und natürlich entschied ich mich für ja.

# Danksagung

Ich danke dem *Times Literary Supplement*, dem *Scotsman*, dem *Chapman*, dem *Damage Land*, dem *Groundswell*, dem *Scottish Book Collector* und allen anderen Anthologien und Zeitschriften, in denen Erzählungen aus dieser Sammlung erschienen sind.

Ich danke der Arts Foundation für ihre Unterstützung und für das Stipendium, das sie mir gewährte, als ich diese Erzählungen schrieb.

Ein besonderes Dankeschön an Alastair.

Dank auch an den Royal Literary Fund, der mich ins Ledig House, N.Y., geschickt hat, wo ich dieses Buch in Ruhe zu Ende schreiben konnte.

Danke euch, Xandra, Kasia, Meg, Ellen und Becky.

Danke dir, David, und dir, Simon.

Danke, Donald.

Danke, Sarah.